海外华文精品书系

赤道南8度寻梦

黎 杨◎著

中国华侨出版社
·北京·

图书在版编目（CIP）数据

赤道南8度寻梦 / 黎杨著. -- 北京：中国华侨出版社，2024.7
ISBN 978-7-5113-9128-5

Ⅰ.①赤… Ⅱ.①黎… Ⅲ.①散文集—中国—当代 Ⅳ.①I267

中国国家版本馆CIP数据核字（2023）第221120号

赤道南8度寻梦

著　　者：	黎　杨
责任编辑：	桑梦娟
经　　销：	新华书店
开　　本：	710毫米×1000毫米　1/16开　印张：12.5　字数：149千字
印　　刷：	北京天正元印务有限公司
版　　次：	2024年7月第1版
印　　次：	2024年7月第1次印刷
书　　号：	ISBN 978-7-5113-9128-5
定　　价：	49.80元

中国华侨出版社　北京市朝阳区西坝河东里77号楼底商5号　邮编：100028
编绨部：（010）64443056-8013　传　真：（010）64439708
网　　址：www.oveaschin.com　E-mail：oveaschin@sina.com

如发现印装质量问题，影响阅读，请与印刷厂联系调换。

目　录

枫叶飘落皇家山 …………………………………… 003

蒙特利尔老街 ……………………………………… 008

小女孩与白求恩 …………………………………… 011

蒙特利尔的第一场冬雪 …………………………… 014

雁阵飞过头顶 ……………………………………… 017

风雪夜归人 ………………………………………… 020

深秋，邂逅科恩 …………………………………… 023

温尼伯的早晨 ……………………………………… 031

我的枫树情结 ……………………………………… 034

千岛湖上的城堡 …………………………………… 039

圣诞集市上的手工制品 …………………………… 046

走访陶瓷小镇 ……………………………………… 049

星期五是条狗 ……………………………………… 052

我与《漂泊中的温柔》 …………………………… 056

一个有趣的灵魂走了 ……………………………… 063

罗丹的情人 ………………………………………… 066

北美三章 …………………………………………… 069

在德国 ……………………………………………… 085

干杯，兰斯！ ……………………………………………… 094
我的美国之行 …………………………………………… 097
初春走进海参崴 ………………………………………… 123
塞纳河上的红玫瑰 ……………………………………… 131
埃菲尔铁塔下—— ……………………………………… 134
时空维度——赤道南8度寻梦 ………………………… 137
下辈子，我去找你！ …………………………………… 150
遇见 ……………………………………………………… 155
生命不过如此 …………………………………………… 161
电影，人类灵魂的缩影 ………………………………… 164
盛夏里的电影庆典 ……………………………………… 167
他们的故事 ……………………………………………… 170
穿越时空的忧郁 ………………………………………… 189

后　　记 ………………………………………………… 193

赤道南8度

寻梦

枫叶飘落皇家山

几场秋雨后，加拿大蒙特利尔城中虽然还常可以看到横跨天际的双道彩虹，但已不是上山观红叶的最佳时节了。禁不住诱惑的我还是穿上厚外套和友人坐绿线地铁去老城区，然后沿老街步行去了皇家山……

很喜欢在欧美这样的老街上行走，心里有一种说不出的赏心悦目。喜欢街道两旁欧洲风格的建筑，也喜欢沿街那些很欧派的咖啡馆和那些鳞次栉比的小酒吧，以及摆放在酒馆屋檐下阳光中那些精致的小餐桌。总是让我想起梵高的那幅月光下的街景油画，它们对我散发着一种亘古的诱惑，勾起我对巴黎的怀念，让我每每总是想停下脚步，坐到那些大鼻子蓝眼睛总之和我们长得不一样的人群中喝上一杯鸡尾酒。旅居北美后，这种感觉越发强烈，常常把国内医生的告诫抛向脑后。但今天真的不行，今天我要去这座著名的山上走走……

蒙特利尔因皇家山而得名。山上那座教堂是皇家山的标志性建筑，它是加拿大最大的穹顶教堂，是早期宫廷皇室留下的古迹。此教堂的设计者是位出色的大师，据说他死后就葬于此。教堂的两侧有上下的阶梯，很像法国枫丹白露宫两侧的马蹄形台阶。那天我们从教堂一侧的台阶往下走，突然想起当年拿破仑站在枫丹白露宫的马蹄形台阶上宣告战败的场景。这座教堂的台阶也十分诡秘考究，据说是当届皇帝为了不让他的情人和妻子相撞，特意让这位设计师将台阶设计得如此诡秘，当两位丽人同时上下台阶时，竟然谁也看不见谁。我不懂建筑，不知道那位设计师采用的什么原理竟达到了这样高深的效果。

教堂分三层，每一层都设有欧洲教堂那样的神位。在正前方，还有硕大无比的管风琴。但这座教堂的内部装饰很古朴，没有其他教堂华美。教堂的顶端立着一个超大的十字架，为教堂后面墓地里安息的人们祈福。从教堂的三层往下望去，可以俯视到整个市区。

皇家山位于蒙特利尔市中心，出了绿线地铁就可以望见不远处山坡上的一片秋色。沿着那条老街，边看街景边向上一直走，就可以到达通向山顶的悬梯。皇家山并不高，是当年皇室贵族打猎游玩的场所，相当于中国北京的颐和园。虽是深秋，游人仍不断。但绝非北京香山，人比树叶还多。加拿大土地面积和中国差不多，但全加拿大的人口加起来，还远没有中国黑龙江一个省的人多，所以你可以不用择日放心地去任何景区游玩。

刚进山，就看到山脚下厚厚的枫叶，一种久违的感觉。抬头望向山林，一片深秋的景致映入眼帘，尽管枫叶已飘落多半，但那山坡上的红黄色还是让我想起了一部欧洲老电影《春天的十七个瞬间》……

枫叶落了满山，厚厚的一层，让人看着心里舒坦，养眼。身边不时有枫叶唱着歌儿飘落脚下，发出细微的响声……

好静的山林。

很多人选择在山上跑步，围着山道一层层向上，也有人沿着扶梯慢跑。加拿大人酷爱锻炼，一年四季跑在春夏秋冬里。几乎全民都在跑，到了冬天还酷爱上山滑雪，特别热爱生命，这一点很让我佩服。还有人带着狗一起跑，那狗儿跑得和主人一样认真。

我们沿着扶梯拾级往山上走，扶梯的两边落满了厚厚的红黄的、褐色的枫叶，形状各异，真有些不忍心踩。枫叶铺满了台阶，从扶梯的任何一个角度望向两侧的山坡，都是一幅绝美的深秋画卷，截下任何一景，都是一幅装饰精美的秋图。

总是让我想起童年时珍藏的那些外国风情明信片。

我喜欢这种感觉，一种久违的旧地感，一种心灵深处的故乡感。

走在这样深秋的山林里，谁都会心旷神怡！

我们在有椅子的枫树下小憩，呼吸着空气中甜甜的草香，放空大脑让思绪任意飞扬。自言自语，享受生活也享受生命，享受上苍给予我们的大自然，这种感觉很是惬意。

我对故乡的认同很怪异，心灵与出生地的差别让我总是陷入内心的孤独，因为对这个世界的理解和认知总是与众不同。我始终认为，故乡而非出生的地方。我更尊重精神而非肉体。寻找心灵的家园远比寻找出生地要难得多。现实中的故乡是物质的、现存的，而心灵的归属地是形而上的。对这点，我一向很固执。三十多年前的仲秋，我曾独自骑单车穿行在北方的原野上，去寻找我对荒原的记忆。北方的原野随处可见农人忙碌的身影和大片大片等待收割的庄稼。秋风在阳光中唱着挽歌拂过大地。刚刚秋翻过的一眼望不到头的黑土地上，拖拉机在不远处作业轰鸣着……

这是北方原野上常见的秋色。我就是在这样的一个日子里按照母亲说过的路线，借助出差的机会向友人要了单车独自去寻找我对荒原的记忆。秋风掀起我褐色的风衣，露出里面红色的毛衫，那衣角的一抹红色在那个秋日里是那样的抢眼。我不知道当年父母为什么会选择这样的一个地方。北京至黑土地的距离让我思索了几十年。但我知道那是父母当年的理想。它虽不是我的，可它却实实在在左右着我的人

赤道南8度寻梦

生，主宰着我命运的缰绳。我无数次在脑海里浮现当年母亲抱着哥哥领着姐姐坐在京城通往黑土地火车上的场景。那截图是我自己绘制的。我百思不得其解。直到我也做了母亲，直到我也在生活和事业的旋涡里起起伏伏，直到我也进入了知天命的年龄，直到父母双双离世后，我才真的开始懂得了荒原的真实含义和他们的"革命理想"。就像读张爱玲，读她给生活真实的评价。生命存在的意义在那个年代是扭曲的，失我的。

当我终于按着母亲说给我的路线找到我曾经生活过的土地时，我对它是陌生的、排斥的。它于我似乎是下点儿的关系都没有。那一刻我突然明白了一个道理：人是需要心灵归属的。心灵的故乡远比现实中出生的地方重要得多得多。这道理其实很简单，可惜我却用了几十年去解读它。

大把的阳光洒进山林，挂在枫树的枝条间，然后轻轻地照在地面厚厚的枫叶上，格外养眼。我喜欢这种异国风情的恬静感，它是那样滋润心田。

游人陆续上山下山。有欧洲人、有美洲人，有白皮肤、有黑皮肤，也有少数像我这样黄皮肤的亚洲人。但他们多是东南亚人，说着我听不懂的语言。加拿大是一个移民国家，人们来自五大洲四大洋。在这里你感觉不到民族之间的差异，生活得自由自在。这里曾是法国的殖民地，生活着大批的法国后裔，还有"二战"后陆续从法国移民来的法国人，就造成了蒙特利尔法语区的现状。这个区的官方语言是法语，法国后裔们有着先天的优越感。像我们住的公寓管理员 Rene（河内）先生就拒绝说英文，他总是很风趣地说："我是法国后裔，我干吗要说英文？"

……

终于攀登到山顶，可以俯视整个市区了。山顶上是个很大的平台，弧形。伏在弧形的矮墙上向下望，能看到圣劳伦斯河和那座横跨两岸的大铁桥以及一所圆顶的教堂……

　　山顶上有一栋供游人休息的老房子。超大，好像是哥特式建筑。房子墙上挂着一些当年皇室贵族在山上狩猎游玩的黑白照片，大厅里还有一架供游人弹奏的钢琴。一位十二三岁的金发女孩坐在夕阳里弹着明快的钢琴曲……

　　我们从山顶的一端向另一侧的山下走，那里有一个美丽的湖。

　　还没有走近，就远远看到它的美。

　　沿湖漫步，看水鸟在湖边梳妆……

　　迎面走来兴致勃勃的一家人……

　　孩子们在湖边林间的绿地上奔跑嬉戏……真是个游玩的好地方。

　　下山时，风光依旧，有几分不舍。

　　这个阳光的午后，静听枫叶落下的声音，走了那么远的心路……

　　枫叶静静地飘落在皇家山上……

2015年写于北美圣劳伦斯河畔
发表于2015年10月加拿大《蒙特利尔华人报》
2018年5月转发于《作家天地》

赤道南8度寻梦

蒙特利尔老街

　　蒙特利尔城中，最有法国味道的地方当数老街了，当地人叫它"老港"。叫老港是因为这里有一片海，有港湾，停泊着许多私家船。

　　蒙特利尔是加拿大的法语区，当地人多是法国后裔，所以欧洲传统与法国的生活理念在这里依然沿袭着。比如女人们上街时一定要穿裙子、黑丝袜，即便是在寒冷的冬天也不例外；比如街边那些露天的咖啡厅；再比如随处可见的欧式建筑。无不诉说着老街的历史和欧洲的风情。从殖民地至今，老街经历了几个世纪，但岁月的沧桑和历史的变迁却从未让这条老街失去繁荣和光华。

　　法语区让蒙特利尔这座城市更多地拥有欧洲味道。耸立在老街上的圣母大教堂（Basilique Notre-Dame de Montréal）就是一座极具欧洲风格的建筑。直戳云霄的尖顶，灰色嵌满浮雕的外观，华丽璀璨的超大穹顶和那些五光十色的玻璃窗都与巴黎的圣母大教堂（巴黎圣母院）同出一辙。只是它的规模要比巴黎圣母院小很多。但一样的庄严肃穆，一样的华丽璀璨，一样的洗涤人的心灵……

　　那天我们从圣劳伦斯河去老街已是黄昏。暮色中的老街更多了几分韵味，肤色不同的游人，琳琅满目的商品店，坐满客人的露天咖啡厅，还有街头演唱的艺人们，无不在演绎着蒙城老街的往昔。看看那些画廊和艺人们，我仿佛又回到了巴黎，回到蒙比特高地下那些街头画廊前，真的很像。

还有那些街头的涂鸦与光怪陆离的橱窗……

天渐渐暗下来，亮起的街灯给老街平添了一层幽静与神秘。听到肚子的叫声，我们在一家露天餐厅坐下来，要了一份最喜欢吃的意大利面，观察着过往的行人。然后沿着老街漫步，细细品味着老街的夜色……

这是那种可以用心灵去体悟的夜晚，是那种喜欢在异国飘荡中寻找精神归宿的洒脱。

街头的酒吧让我想起曾经喧嚣一时的夜总会，想起蒙特利尔历史上的一段传奇。那个在这条老街上的风云人物——维克·克特朗尼。这个身材矮小却实力超强的打手，曾经是蒙特利尔的黑帮大佬，这条街上有他五六家夜总会，最著名的一家叫法拉多尔的夜总会是当时蒙城上流社会的云聚地。这个黑帮大佬借助夜总会网罗蒙城的各界名流，贩卖毒品，走私酒业，拉拢官员，在幕后操纵政府数年，是蒙特利尔历史上一个传奇人物。蒙城警察局一直都在想尽办法抓他，却找不到任何他犯罪的证据。更传奇的是晚年的他，竟然有一天自己走进了警察局，以交代罪行为代价，请求警长帮助他见儿子一面。原来早年他就把妻子和唯一的儿子送到了美国。这也许是他因晚年疾病缠身，知道自己在人世的日子不多的缘故。他竟然做出了出乎世人意料的举动。

最后蒙城警局是否帮助他见了儿子已经记不大清楚了，但仿佛记得他是加拿大历史上唯一得到善终的黑帮大佬。我一直奇怪当年他自己走进警察局后，为什么又是那样自由地走出来了呢？而且得到善终？这对我至今都是个谜。

夜幕下的老街依旧热闹，张开双臂迎接着来自世界各地的游人。一个个陈设精美的商铺里人来人往，各式精湛的艺术品让人眼花缭乱，爱不释手。

　　走在蒙城的老街上，有种置身巴黎的错觉。那夜色下的游人，那古老的欧式建筑，那飘着浓情的咖啡都太具法国味道了。

　　真是一条置身在加拿大蒙城的法式老街道，总是让人想起法国，想起巴黎的夜晚……

写于 2015 年初秋 蒙特利尔
发表于 2015 年 10 月 16 日加拿大《蒙特利尔华人报》

小女孩与白求恩

白求恩逝世 47 周年时，我正旅居在他的故乡——加拿大蒙特利尔市。

时值秋冬交界，蒙城已经开始了冬天的大幕。枫叶铺天盖地飘落着，红的、绿的、褐色的叶片被风吹起后，打着旋儿歌唱着落入城市的各个角落，瞬间使蒙城充满了浪漫。

一天，风正大刮。一片超大的红枫叶悄然随着风儿飘落到我家的玻璃窗夹层里。很多天我一直在思索它是怎么进来的呢？借助风力？还是天意？抑或是上苍让我和它不期而遇？我蹲下身，小心翼翼地把它轻轻拾出来，仔细看它那一身清晰的脉络，然后又把它小心翼翼地夹在玻璃窗里，希望它能在这里待上一个冬天。那样，这个漫长的北美的冬天我就不会寂寞。因为看到它就仿佛看到了整个的秋天，看到了满山遍野飘落的红枫叶……

枫叶与白求恩在我的记忆中始终是有关联的。这是一种习惯性记忆，源于很多年前毛泽东那篇题为《纪念白求恩》的文章。在那篇文章里我知道了这位加拿大人，知道了他来自那个飘满红枫叶的国家。

那时正是心中长梦的年龄，脑子里整天充满了奇怪的幻想。但在课堂里朗读那篇文章时，纯真的心还是被他那种无国界的国际主义精神感动。他弯着腰穿着白大衣站在手术台旁给伤员开刀的照片深深刻入我少年时的脑海。那时，我对这个长着大胡子的外国人充满了神秘和好奇。很久远，很旷世，很纯真。还略带着点儿小女孩对异性的朦胧感。记得朗读那篇纪念文章的夜晚充满了色彩，小女孩的梦做到了海外，想象着在地球的另一半他的国家是什么样子？想象着他的家园里飘满了红色美丽枫叶的场景……

这是一个刚刚步入青春期小女孩对这位国际友人最初的印象。

旅居加拿大后，我常和朋友一起随意地走走。那正是加拿大最好的季节，到处是绿地和鲜花。加拿大的自然环境一向保持得很完好，这也是它被列入全球最佳人类居住地的主要原因。

在离老街不远的一所医院旁边的小广场上，有一尊白求恩的雕像。雕像是白玉石塑的，据说是几位华人富商自愿出资建筑的，并非政府所为。从医生到国际主义英雄，这之间的距离有多长？记得上学时，每逢课堂上读那篇纪念他的文章，我的思绪都会飞出去很远很远……

小女孩不知道几十年过后，她却在这个外国人的故乡旅居生活。小女孩内心里住着这个外国人，住了几十年。

11月的加拿大，正是枫叶飘落的季节。漫山遍野的红枫叶，我不知道是不是对他的怀念？但我知道那红红的颜色里一定有对在异国他乡儿子的无限牵挂和眷恋！

小广场上很空旷，那尊雕像是唯一的建筑。周围是青青的绿草地。那雕像不算高大，却质地优良。洁白的玉石在秋天的阳光下栩栩如生。就像白求恩站在那里一样。

我停下脚步，凝神地望着。午后的阳光很妩媚，让我想起童年、少年的许多过往，想起那个青春期的小女孩……

生命真是一件值得珍惜的礼物，在这个过程中你不经意走过，而它呈现给你的却是五光十色的美好，就如我四五十年后来到这里，我做梦也没有想过我能来到少年的梦里，透过阳光看少年时的梦境那是一种怎样的情怀？只可惜，我们在路上走时，常常忘记了停下来看看两边的风景，看看即将沉落的夕阳，回头看看我们童年、少年的梦境。

也许生活太现实了，在俗世里行走的人很难让自己跃上云端，红尘滚滚，也许说的就是这层意思吧。

白求恩在他的家乡时并不为太多的人所知。他读书，上学，攻博。钻研医术，走着常人所走的路。他之所以被人们记住，怀念，住进小女孩的心里，是因为他后来走了一条与常人不同的路。首先，中国人记住了他，在中国几乎人人皆知他的名字。后来他的名字由中国传回加拿大，传回他的故乡——蒙特利尔。他开始走进加拿大政府及加拿大人民的视线。之后，他同样也被加拿大人记住，怀念，并成为这个飘满枫叶国家的骄傲。

秋阳暖暖的，几片鲜红的枫叶飘过来，落在白求恩的身上，然后又轻轻顺着那雕像滑落。是秋的问候吗？我在心里轻声自语。但愿每一年的这个时候都有枫叶来到他的身边，那是中国人民对他深深的敬意和怀念！

写于 2015 年深秋 蒙特利尔
发表于 2016 年 3 月 11 日加拿大《蒙特利尔华人报》

蒙特利尔的第一场冬雪

蒙城的第一场冬雪不约而至。

没到加拿大时,只听说蒙城的冬天和中国北方的冰城哈尔滨有一拼,没想到刚刚入冬就下了一场大雪,一场美丽壮观的雪。

从玻璃窗向外望去,雪厚厚地压在枫树的枝头上,颤动着。路面和草地被覆盖了。堆积的枫叶也被白雪盖上了被子,有的露着红红的叶角在微风中抖动。特别是当汽车驶过来时,带起的风速将那些红枫叶裹着白雪卷起,打着旋儿在空中舞蹈,尽情地歌唱之后才从半空中不情愿地慢慢回落地面。有的汇合了那些还没有离开大树的叶片,有的干脆落在了周边的建筑物上。还有一些枫叶被风刮进了楼群的阳台里,家家的阳台上都积下了厚厚的白雪和红红的枫树叶子。有人说,加拿大最富有的植物就是深秋里那些枫叶了,来到加拿大才真正领略了这句话的含义。

深秋的北美洲,最迷人的景色要数那一大片一大片的枫林了。"停车坐爱枫林晚,霜叶红于二月花。"不论是山坡上还是平原,也不论是公园里还是公路旁,甚至是房前屋后,到处都飘舞着那纹理清雅、质感曼妙,给人以无限遐想的三角或五角的枫叶了。

我对枫叶的钟爱说不清是从什么时候开始的,也许从娘胎里就有了。记得二十多年前我第一次在北京的香山上看它时,那红色的枫叶就已经嵌进了我心的底层,之后的岁月里就再也没有离开过。

我对枫叶有着一种特殊的情怀，就像我对那一簇簇绿绿的清竹。竹子的那份清高似乎很合我意，便在很小的时候就进入了我的性格里，它是我一生的崇爱。

对枫叶不同，枫叶给我的感觉有一份成熟和血色的浪漫在里面。那红色总让人想起什么，特别是在秋天，秋风吹过，当那漫山遍野苍红一片时，你不自禁地会联想到生命，联想到人生，联想到古代大师们留下的那些凄美的诗句。所以我说枫叶是一个与生命有关的话题。

我不知道加拿大人对枫叶有怎样的理解，但我第一眼看到加币时，我竟对着那印在柔软的像蚕翼般透明的加币上的枫叶深深一吻。我这人很怪，总是会做出许多超乎常规的举动。

加拿大的国徽上有枫叶，加拿大的国旗上有枫叶，加拿大的国花是枫叶，所以加拿大素有"枫叶之国"的称谓。我喜欢这个国家与我对枫叶的酷爱不能说没有关系。

傍晚，天暗下来，路灯亮了，这时的雪还在无声地落着。公路两侧亮起的灯光像两条长长的海岸线，一簇簇的松树上和枫树上亮起的彩灯更会把你带入一个灯的海洋。很庆幸我们住的公寓离奥林匹克公园很近，公园的对面就是世界上最高的斜塔——蒙特利尔斜塔。窗口正对着夜幕下的斜塔，透过飘舞的雪花望去，那斜塔在雪夜里一闪一闪地发着蓝幽幽的光亮，辉映着奥林匹克运动馆上的彩灯，给雪夜中的蒙城带来了最美丽壮观的一景。

蒙特利尔的第一场冬雪飘然斜塔的四周，给夜色中的斜塔披上了一件银白色的外衣，加上斜塔闪烁的那片蓝色光，在夜幕下交相辉映，就让我产生许多的联想，那塔、那人、那位市长和那位法国的设计者。也许上帝是公平的，它让你的斜塔成功了，就不会让你其他的也成功。就像谚语说的那样：上帝为你关上一扇门的时候，一定会为你打开一扇窗。同样，上帝为你打开一扇窗的时候，一定会为你关上一扇门。也许是我们人类要得太多了，所以我们总是不满足，总是希望要得更多。这是人类的弱点。

　　蒙城的第一场雪中，我的思绪走得很远。望着那窗外的雪夜，我想起另一半球上的故园，那里是否也下了同样的第一场冬雪？那荒原上的雪夜，曾经激荡着我们怎样的情怀，怎么地拿笔在纸上书写？一场又一场的冬雪里，我们跑到荒原的深处采访。暖壶的热酒火辣辣地在嗓子眼里打转转，那酒润心润肺直让人控制不住地想流泪。为这片荒原，为荒原上那些奋斗挣扎的生命，就忘记了自己的性别，和男人们一样在雪地里奔走，在寒冬里采访，直到脸上冻出亮晶晶的水泡来还不知晓。心中总有一团火在燃烧，不只为那些面朝黄土背朝天的生命，不只为那些站在雪窠子里歌唱的庄稼，还为手中的笔，为那些在严寒里的生命呼喊。"风雨一支笔，壮歌走天涯。"当千万吨的粮食送往国库的粮仓，当千万名拓荒者白了头发。那片黑黝黝的土地啊，多少志士为它献出了青春年华，多少父辈睡在了黑土之下。"那是一片神奇的土地"，也许它的神奇还在于那寒冬里的大雪，还有那雪中刮起的大烟泡。

　　雪夜里的回忆总是甜美的，带着淡淡的伤感。不论是在亚洲还是在北美，雪花都从空中飘落，都是那样悄然无声，而我的心却如空中的雪花翻腾着……

　　噢，这蒙城的第一场冬雪啊！

写于 2013 年深秋 蒙特利尔
发表于 2016 年 2 月 12 日加拿大《蒙特利尔华人报》

雁阵飞过头顶

那天，我带家里俩小家伙在小区湖心公园里玩，突然听到头顶上传来大雁的叫声："嘎——嘎——"

索菲昂起头，用小手指着天空大声喊道："鹅，大鹅回来了！"

我望向天空，纠正她说："那是大雁，大雁回来了！"

"妈妈说，大雁也叫鹅！你不知道吗？"索菲很认真地瞪着一双萌萌的大眼睛盯着我说。

加拿大人愿意穿一种品牌叫"鹅"的羽绒服，抗寒性极高，连俄罗斯总统普京都穿。但把大雁叫"鹅"，未必是因为这个品牌的羽绒服。记得几年前，我在温尼伯，朋友彼特带我去看过大雁湖，他们那里的人都管大雁叫"鹅"。

雁阵齐鸣，从远方的天边一字向我们的头顶飞过来，飞过来……不一会儿，那长长的"一"字魔幻般变成了"人"字，耸立在我头顶。仰头望，我能清楚地看到它们的羽翼和身上羽毛的颜色，以及缩在腹下的双脚。哇，这么近——

雁阵嘶鸣，一排又一排，一群又一群地从天边飞来，仿佛无穷无尽……

"好大的雁阵呀！"我在心中感叹。我不是一位悲秋的文人，但我对雁鸣极其敏感，敏感到心碎，为那些每年两次迁徙远航的大雁。面对生存，它们比人类更不容易。

赤道南8度寻梦

望着渐行渐远的雁阵，心里响起那首大雁的歌："雁南飞，雁南飞，雁叫声声心欲碎。不等今日去，已盼春来归……"

春来雁归，秋去雁飞。古往今来——

大雁像天空的精灵，把绵延的思念留给陆地上的人类，把生命的航道定格在高远的蓝天……

不知，那一次次的远航迁徙中，哪里是它们落脚的驿站？

记得小时候看过一部关于鸟儿迁徙的纪录片，是在中国北部那个享有"东方小巴黎"的哈尔滨花园街的一幢白色小洋楼——莉莎阿姨的房间里，她是苏联派往中国的专家。不记得太多的细节，只记得投在墙上的小电影里一只孤雁站在沼泽地中伸长脖子在十分警觉地放哨，不时有别的大雁从哨兵雁身边走过时用嘴啄哨兵雁的头和背，每啄一次，那只孤雁都会痛得"嘎——嘎——"叫着委屈地躲闪……

我不解地问莉莎阿姨，为什么那些雁老是欺负放哨的那只孤雁呢？是它犯错误被罚站了吗？

尽管后来我知道了那是雁群里的规矩，失去伴侣的孤雁总是要承担夜间给雁群放哨的义务，但我从心里还是为那只放哨的孤雁鸣不平："它好可怜呀！凭什么呀？！"

我感动于大雁对爱情的忠贞，感动于它们在失去伴侣后宁可孤独地活着，也孑然一身的品德。

春寒料峭的北美三月，冰雪开始融化。太阳炽热地照在雪地上，积了一冬的白雪变得柔软而有弹性。这是孩子们最喜欢的雪融度。杰西卡和索菲穿着靴子用脚使劲踩着公园里已经开始融化的雪块，两人玩得兴高采烈。杰西卡脱去外衣，穿着短袖吊起了单双杠，索菲也不示弱，攀爬在网格上……

春天真的是要来了。一天前，我已经听到了布谷鸟的叫声。隔了一个漫长的冬天，那声音听起来竟如此的暖心悦耳。

斯时，一个七八岁的小女孩跑过来，热情地和杰西卡说话，原来她们就读于同一所私立学校。女孩长着一双又大又黑的漂亮眼睛，皮肤微黑，一看就是中东人的后代。女孩的妈妈在不远处跑步，绕着湖，这是小区人的习惯。

三个女孩的笑声此起彼伏，在空荡的时空里，声音被无限放大，有点像北京天坛的回音壁——

大雁回来了，又是一年光阴。我感叹时光的同时也充满了对春的喜悦，毕竟，北美的冬天太漫长了。

春到草木知，雁回春来早！

写于 2022 年 3 月 31 日 蒙特利尔
发表于 2022 年初春 加拿大《华侨新报》副刊
同频《华侨新视野》

风雪夜归人

2022年12月22日这天是北美的"冬至日",赶巧,我们新报副刊的座谈会也定在这一天。

时值圣诞前夕,主题便压在了圣诞上。小会议室里除了高档红酒和精致的巧克力外,还有闪耀着小彩灯的圣诞树和圣诞节欢快的音乐——

都是文学界的老友,相谈的话题和畅聊的感觉就不一样。酒,让彼此的心缩短了距离。打开心扉,灵魂在冬日的阳光下跳着优美的华尔兹——畅聊新报改版后翻天覆地的变化,畅聊几十年在北美生活中东西方文化的碰撞,畅聊文学带给我们的所有美好。当然,谈得最多的还是我们的报纸,我们的副刊改版后的成长——

文学,应该说是这些海外华裔作家心底的原色,是除去生存之外最后的精神坚守。从87岁的学者作家张芷美,到沉稳靠谱的新闻专家王导;从才华横溢的实力派女作家蔚青,到魁北克作家协会的老会长郑南川;从风华正茂的"金融小王子"王宇,到文笔老练的年轻女作家云涛、常明,还有写《二哥》的齐乐,还有——

这是我们从6月起接手《华侨新报》的第一次座谈会,也是我们以文学的形式第一次向作者们、读者们坦诚我们办报人的心声。以文学的情怀,以淡泊名利为前的主题。

我们的副刊无疑呈现的是文字、抒写,以各种形式——小说、散文、诗歌……

　　文学的魔力无处不在。作者把对生命的抒写都融进了这些中国古老的方块字里，然后通过我们报纸传达给读者。每一篇精美的排版，都凝结着我们办报人对作者和读者的敬意和责任，有着我们一起付出的心血！在某种意义上讲，我们是朋友也是合作伙伴，我们肩膀上都扛着一份看不见却摸得着的责任。尽管，并没有人给我们任务，但这是身为一名文化人责无旁贷的社会义务。至少，我是这样想的。

　　水晶的玻璃高脚杯中，醒好的红酒在一次次文友们高高举起的手中，杯与杯的撞击中发出悦耳的脆响，余音缭绕，仿若圣诞老人扬起马鞭的铜铃声在房间里回荡……

　　我竟有些醉意，不是因酒，而是因了这份在遥远的北美，在这冰天雪地的国度里有这样一群热爱文字抒写的朋友，有几位志同道合的办报同行。这份报纸从创刊起已经走过了31年的岁月，老社长31年的坚持，同人们的齐心合力，各位对副刊的肯定都给了我们更大的信心和干劲！

　　一个午后的会议，竟被我们开到了华灯初上。气象预报说，晚上有冰雨，明天将有一场特大的暴风雪，三位女报人忘记了。送走了与会的文友们后，我们又坐下来边整理座谈会的纪要，边讨论商议着接下来的工作，时间在夜色中悄然滑过……

　　我曾说"佛度有缘人"，Jenny自称我们为"铿锵三玫瑰"。这是不是诠释一种命运的相遇和一种宿命的结局呢？谁也没有走出上苍画下的那条线。很早就听人说，文学的终极是宿命，那时我还无法理解。

　　社长年轻时曾是一位文学青年，有过报业经验；Jenny在国内也曾是报人；我从20多岁进到文学杂志社、报社一直到退休再到

赤道南8度寻梦

现在——

我们终其一生，走不出的也许就是这中国古老的文字。也许，这是我们仨女人在北美大地上的使命——

这样胡思乱想时，门外已是大雪纷飞，白茫茫一片。车身上，路面上堆积了厚厚的一层雪——

迎着漫天飞舞的大雪，我打开车门，启动牵引，车子轰鸣着向40号高速疾驶——

路面上的车线早已被大雪覆盖，每一辆车子都小心翼翼地前行。我放慢了车速，打开快速雨刷，清理着风挡玻璃上的积雪。一座高架桥，又一座高架桥被甩在身后，一束束车灯射出的光柱和红色的尾灯在这大雪纷飞的午夜里与白茫茫的世界构成一个奇幻的景象，极具科幻空间感，你可以任意放开想象，海阔天空地去设计情节和场景，然后决定谁胜谁负，谁生谁亡，一切都在掌控者手中，如同此时此刻驱车驾驭这风雪的午夜。

突然就想起一部老电影———《风雪夜归人》。

写于2022年12月23日清晨
发表于2022年圣诞前夕 加拿大《华侨新报》副刊
同频《华侨新视野》

深秋， 邂逅科恩

在蒙特利尔市中心的街头，有一幅巨大的人物肖像，他（它）被安置在一幢巨大的建筑物上，不论是白天还是夜晚，他都是那样深情地望着这座带着浓烈法兰西味道的城市，以他独特的绅士风度。

我第一次见到时很好奇，询问走在身边的朋友他是谁？朋友告诉我说他叫科恩，是这座城市的灵魂！

随后，我知道了他的全名 Leonard Cohen（莱昂纳德·科恩）。

他是加拿大创作歌手、音乐人、诗人以及小说家、画家。他的作品中充满对宗教、孤独、性以及权利的探索。他先后获选进入加拿大音乐名人堂，加拿大创作名人堂，美国摇滚名人堂，同时他还被授予加拿大最高平民荣誉——加拿大勋章及魁北克民族勋章。

有人这样评价他："他是伟大的诗人，也是伟大的歌手，他的诗即歌，歌即诗。他愿意耗费五年、十年的时间只为静静等待一首歌、一行诗。"鲍勃·迪伦获诺贝尔文学奖后，很多人认为莱昂纳德·科恩同样有理由获奖。

我不是一个懂得音乐的人，但我总是被一些旋律吸引，深深打动，甚至有时候会听得泪流满面！

每次去市中心，路过那幅巨大的肖像前，我都会情不自禁地驻足，凝视他礼帽下那深邃的目光，那里面有我不知道的世界，很深、很远却又在眼前。我就那样远远地望着，沉思良久……

赤道南8度寻梦

八月，我去西山走访蒙特利尔的女诗人、画家苏凤。当我们在午后的阳光中从她即将要布展的画廊沿着坡路往回走时，抬眼来到了一幢红砖别墅前，苏凤告诉我说，这是科恩出生的老宅，他的幼年、童年都是在这里度过的。

那个午后，太阳炽烈。初秋的阳光洒满那个被树荫掩映的庭院。我们在那别墅的对面站着，仿若看到庭院里童年科恩玩跑的身影和听到他那沉郁的歌声……

那个午后，就此牢牢地印在了我的脑中，我听到那风吹过的歌声……

1934年9月21日，科恩出生在蒙特利尔西山一个犹太人家庭。9岁时，父亲去世。从少年起，科恩就深受西班牙诗人费德里科·加西亚·洛尔卡的影响，骨子里的犹太意识让他越发孤独起来。为了摆脱这种孤独，他迷上了爵士和民间音乐。在那个浩如烟海的音乐世界里，他仿佛找到了自己，找到了灵魂得以喘息的空间，在那里，他可以自由地面对自我……

他在麦吉尔大学读书时，攻读的是法律，他希望自己日后成为一名律师。但摇滚和音乐带给他的心灵慰藉，让他最终放弃了法律学习，转为追求文学和艺术。

很快，在音乐的天地里，科恩就给自己创造了一个独一无二的位置。大多数的音乐家是在年轻的时候出名出专辑，而科恩不同，他的一些非常重要的作品都是在50岁以后发布的。加拿大国家艺术中心（National Arts Centre）的总裁首席执行官彼得·赫尔多夫（Peter Herrndorf）在一份声明中说："科恩独特的声音，通过音乐讲故事，探索了爱、失去和希望的主题，他是世界上最有影响力的作曲家之一。"

2016年11月7日，他在美国洛杉矶家中平静离世。享年82岁。那一天，蒙特利尔市长德尼·科戴尔说，蒙特利尔将为悼念科恩降半旗。他表示："我们将向最伟大的蒙特利尔人之一致敬。"他的儿子这样评价他："他以独特的幽默感，一直写作到生命的最后一刻。"

科恩的艺术影响远远不止于加拿大，多年来，他是一位在国际上享有盛名的艺术家。无论他到哪里演出，人们都是带着崇拜的心理来参加他的音乐会。他的离世，在加拿大、美国以及世界各地都引起了震动。

他离世的那天晚上，加拿大总理特鲁多通过推特平台对他表示悼念，他说："科恩的音乐作品在各代人中都引起了共鸣，加拿大和世界各地的人都将怀念他。"加拿大著名电影演员、制片人基弗·萨瑟兰也在推特中写道："今天，一位辉煌的加拿大艺术家走了。"

……

我曾对着街头那幅巨大的肖像遗憾过，遗憾我与他那个时代的错过，遗憾与他的擦肩而过。他生时，我还在中国，我不知道大洋彼岸我后半生将要生活的城市里有科恩，有这样一位伟大的人！

转瞬，加拿大最美的季节到了。赏枫，成为这座城市最时尚的一个集体活动。匆忙地准备着秋季里一期又一期的报纸，选稿、编辑、排版，忙得不亦乐乎——

也就在这样一个枫叶染红窗棂的清晨，我偶遇了科恩。

那低沉的旋律，直抵心灵；那沉郁的嗓音颤动着窗外红透了的枫叶。我陡然从床上爬起来，仔细地查看这首歌曲的注释：《一千个深吻》作者：加拿大传奇歌手——莱昂纳德·科恩。

人与人的相遇可以擦肩而过，灵魂与灵魂的交集却可以穿过时空超越维度和生死！终于，我走进他的音乐，走近了他！

赤道南8度寻梦

  我迫不及待地将这首英文歌曲转给陶志健老师，请他翻译。我想知道科恩在说什么。就有了下面这首中文歌词。陶老师说歌词翻译＝诗歌翻译＋配曲填词。感谢陶老师，让科恩的这首中文歌曲面世！

  11月7日是科恩的祭日，就让我们笔下的这些文字穿越云层、穿越时空和维度，向科恩述说我们对他的怀念和敬意吧！

写于2022年深秋加拿大 蒙特利尔
发表于2022年11月3日加拿大《华侨新报》副刊
同频《华侨新视野》

附：

一千个吻之深
歌词/莱昂纳德·科恩
汉译/陶志健

赛马在飞奔，姑娘正年轻，
胜率如何看机运。
你先赢几把，便已终结——
可知连胜已尽。
轮到你去面对
你那无敌的惨败，
你把那日子当真，
一千个吻之深。

深秋，邂逅科恩

我接客卖身，我搞定自身，
我回到布吉街心。
你没能抓紧，随即滑落，
滑入那杰作之荫。
也许我前路正漫长，
也许有承诺在心：
你放弃一切求生存，
一千个吻之深。

有时候夜长难奈受，
苦恼懦弱是我们，
咱收拾起心情抬脚走，
一千个吻之深。

局限于性，我们努力向
大海的边际推进：
我看到那海洋已枯绝，
没留给我拾荒的人。
我走到前甲板。
我祝福残留的舰队——
然后任船去撞沉，
一千个吻之深。

我接客卖身，我搞定自身，
我回到布吉街心。

赤道南8度寻梦

我猜他们不会交换礼物
那是自己的留存。
沉静是对你的想念，
完成了对你的追寻，
只是咱忘记了去做，
一千个吻之深。

有时候夜长难奈受，
苦恼懦弱是我们，
咱收拾起心情抬脚走，
一千个吻之深。

赛马在飞奔，姑娘正年轻，
胜率如何看机运……

附原文：

A Thousand Kisses Deep

The ponies run, the girls are young,
The odds are there to beat.
You win a while, and then it's done-
Your little winning streak.
And summoned now to deal
With your invincible defeat,

深秋，邂逅科恩

You live your life as if it's real,
A Thousand Kisses Deep.

I'm turning tricks, I'm getting fixed,
I'm back on Boogie Street.
You lose your grip, and then you slip,
Into the Masterpiece.
And maybe I had miles to drive,
And promises to keep:
You ditch it all to stay alive,
A Thousand Kisses Deep.

And sometimes when the night is slow,
The wretched and the meek,
We gather up our hearts and go,
A Thousand Kisses Deep.

Confined to sex, we pressed against
The limits of the sea:
I saw there were no oceans left,
For scavengers like me.
I made it to the forward deck.
I blessed our remnant fleet -
And then consented to be wrecked,
A Thousand Kisses Deep.

I'm turning tricks, I'm getting fixed,

I'm back on Boogie Street.

I guess they won't exchange the gifts

That you were meant to keep.

And quiet is the thought of you,

The file on you complete,

Except what we forgot to do,

A Thousand Kisses Deep.

And sometimes when the night is slow,

The wretched and the meek,

We gather up our hearts and go,

A Thousand Kisses Deep.

The ponies run, the girls are young,

The odds are there to beat . . .

* 原文"get fixed"含义多重：过毒瘾，弄点儿钱，遭修理，都有可能。

【译者简介】

陶志健，麦吉尔大学博士，翻译，魁华作协会员。发表著作包括英文专著一部，英译学术和美术著作各一部，英译诗歌集四部共 320 余首。并参与翻译中国商务印书馆《新华字典（汉英双语版）》（2021 年出版）和《现代汉语词典（汉英双语版）》（待出版）。偶有中文诗歌、短文、译诗等面世。最近翻译了艾略特《荒原》和《情歌》两首长诗。此文同期发表在《华侨新报》副刊。

温尼伯的早晨

拉开后窗白纱帘的那一瞬间，早晨清新的阳光顿时洒满房间。又一个异国的清晨就在这初升的阳光中开始了。

生活在别处，总有一种与以往不同的感受，对清晨、对阳光、对窗外白色的世界……

从花开四季绿茵成林的海南岛来到北美，十几个小时的时差带来的是季节的转换。北美的三月酷似国内的北方，依然是白雪皑皑。张在空中的树冠很大，宛如一朵朵开在白色世界里的枯木花，但那树干给你的感觉是别样的，你会清楚地体会到那粗大树干给你的巨大的生命力。粗大，浑厚，孕育无穷的能量。那大朵大朵绽放在空中的树冠虽然没有绿色叶子，却也张开得如此洒脱和美丽。特别是那白色的桦树，一个根部长出一簇，形成一个独立的群体。有的两三棵，有的三五棵，最多的竟有七八棵。这真是一种不同于国内北方白桦树的生长现象。看着这些挺立在北美的白桦树，总让我不由自主地想起地球另一端的故乡，那里也同北美一样，三月的季节依然会被白雪覆盖，在辽阔的原野上也有一片片美丽的白桦林，很是令人养眼。记得第一次见到白桦林是我调到文学杂志社不久下基层采访的路上。吉普车在辽阔的旷野上奔驰，一片白色的桦树出现在眼前。我激动不已，停车走进白桦林中，仰头望向天空时，天很蓝，飘着大朵的白云，阳光穿过白桦树的枝叶洒下来……

赤道南8度寻梦

禁不住的一行热泪竟然顺着脸颊流下来……

几十年后,我也说不清那是怎样的一种情怀。接我的宣传部部长站在一边,好奇地看着我,开车的师傅索性三步并作两步冲到丛林中替我拔下一棵枯叶的白桦树干让我带上。我轻轻地剥下几片白桦树皮夹进手中的采访本,仿佛收进一枚珍贵的岁月信笺。那段白桦树干和那几片白桦树皮一直跟了我三十多年。直到我来北美前整理书房时无意间翻开当年的那个采访本子……

它静静地隐于那已经发黄的纸张中,依然保持着当年在荒原上的风姿,白净而神秘,一任它身下的字迹随着岁月的更迭而模糊不清……

一股暖流滑进心间,为它几十年如一日的伴随和那抹不变的纯白……

曾经生命中的那些过往,那荒原上留下的日夜就又一次在即将海外远行前浮现出来,我像老朋友一样回望那段岁月……

望着北美窗外落满雪花的白桦树,想起东北画家们雕刻的那些木版画。北方荒野上的白桦林经常是他们笔下的艺术品。一棵棵的白桦树挺拔向上,成林成群地跃然画板。少见一根生几株的,偶有也显得纤细羸弱。在东北的原野上,白桦树很像南方的青竹,截取树干的那一段,都是均匀笔直齐刷刷挺立的,独立成簇的很少。而在北美,我看到的白桦树多是一个根部生长出若干棵白桦树,而且树干大而粗,成群成簇,枝繁叶茂,有的长在居民的房屋旁,有的长在大面积绿草地的院子里,有的长在公园里或者是布满草坪的坡地上,还有的长在小河旁的丛林里……形成的树冠也超大独特漂亮,远远望去,有一种中国古代文人雅士的"莫道风尘苦,独木难成林"的味道。

我好奇它们与国内东北平原上白桦的不同。也许是不同的土壤,不同的经度和纬度，不同的空气和不同的生长环境，造成了白桦树不同的生长方式吧。但那落下的雪和洒下的阳光应该是一样的。

在北美，人们的生活方式不同于国内。西方和北美人的生存方式是以家庭为主的，家庭是他们赖以生存最为依靠的组织。就像那白桦树，一个要生长出几棵树干来，然后一起茁壮地成长，成为一个小群体。一片美丽的小白桦林，以一簇可观赏的形态出现在天空和大地之间……

落了一夜的雪，窗外的大树上和栅栏上都堆积了厚厚的白雪。一只灰色的野雪兔蹦跳着跑进我的视野。几只拖着棕红色大尾巴的松鼠从大树上跑下来，沿着木栅栏嘻嘻打闹着在追赶一只灰松鼠。听彼特说，灰松鼠是住在街道对面的，它们总是趁着红松鼠不经意时蹿过街道来到我们这边寻找好吃的冬果，结果每每被大红尾巴的松鼠追着满街跑……

这个温尼伯银白的早晨，因为它们更增加了一份异国的童话情趣。每到这时，我的心总会不自觉地沿着地球飞行，飞到那一端的北国……

朋友在微信上告诉我说，昨天哈尔滨也下了一场好大好大的雪……

写于 2015 年 4 月 6 日 加拿大温尼伯
发表于 2015 年《蒙特利尔华人报》

赤道南8度寻梦

我的枫树情结

秋深了，窗外的枫叶红了，红得极不真实。如梦如幻如童话世界。这是我们搬进 Pierrefonds 区的第二年。尽管它在蒙特利尔西岛的最西边，圣劳伦斯河的岸上，尽管我曾为每次的出行不便，特别是开车去 downtown，和南岸抱怨过，但当枫叶染红窗棂，当我站在落地窗前望着窗外那一树树红彤彤的枫叶时，所有的出行不方便都可以用一句"值了！"释怀。

我看过香山的红叶，在很年轻的时候，随几位作家朋友一同在北京的秋天里爬上香山，听半山腰翘起的屋檐四角上挂着的风铃"丁零丁零"地响。那响声一下一下敲得灵魂颤抖。记得，我竟拿着拾起的一枚红枫叶远远望着那楼阁伫立良久。那时候的我年轻得还不足以诠释"灵魂"的意义，只是莫名地受到了极大的震动，从没有过的一种心灵体验。下山时，我们绕到杨沫先生的故居。几片红红的落叶静静地睡在夕阳中，阳光照在红透了的枫叶上似彩虹，别有一番风景。我弯腰拾起，小心地将它们拿在手中，在山脚下的商铺里将它们塑封。后来，那两片被塑封的香山红叶跟了我很多年，一直留存在我的书柜里。

2019年，我回国处理事宜。临返程前，我欲把北京家中书柜里的一些书打包海运回加拿大。装箱整理时，我发现那两片被塑封的红枫叶完好地被夹在一本我喜欢的书里——《带一本书去巴黎》。那是 2001 年，我去法国巴黎小住时，随身携带的一本书。记不清那两片被塑封的红枫叶是在什么时候躲进了这书里。这期间竟过去二十多年！

其实，当年从香山拿着它下山后，我就在心里别扭，因为塑封，让它失去了原有属于山林的本性，多了一层俗世的味道，我不喜欢了。

移居加拿大蒙特利尔后，我们住的第一个房子是在绿线地铁旁边的奥林匹克公园附近，公园的对面是那个有名的斜塔。特别是在傍晚夕阳的金辉中，听"沙沙"的红枫叶在晚风中歌唱，看斜塔上方不断变换的彩色灯光……

那是秋夜的美好！

我还常在晨阳中走到露台上，九楼的高度足以让我把这北美深秋的风景尽收眼底。时常还会听到不远处尖顶教堂里传出来的钟声。蒙特利尔的秋天，像上帝打翻了调色板——

后来，我们买了第一幢带院子的别墅。邻居家的后院有一棵祖母级超大的枫树，枝繁叶茂美极了。春风中它翠绿吐叶；秋风中它摇曳歌唱，通体火红，映红了视线。秋风刮过，枫叶落满草地，红红的一片。我总是不忍心去清理它们。

那些枫树的种子会在第二年春天长出许多小枫树来，两三片叶子嫩嫩的很可爱。我不忍心将它们从花园里除掉，便将它们小心翼翼地挖出来，栽到一块空地上。可是，小枫树如雨后春笋，铺天盖地，竟让我招架不住。女儿笑我痴，说："这一大树的种子要长出多少棵小枫树呀，你挖得完、栽得下吗？"的确。"真是可惜了！"我在第一场雪时，将那些栽在空地上和花盆里的小枫树搬到屋子里。但那毕竟是少数的幸存者，而明年呢？再后来我发现搬到屋子里的小枫树并没有存活多久，便一棵棵地萎掉了。

我有说不出的感伤！

2017年，为了让两个小家伙上一所好一些的私立学校，我们从老房子搬到了西岛，买下了这个前后都种着枫树的大别墅。我掩饰不住心里的喜悦，不为别的，是因了那些枫树。第一个秋天，枫叶红时，我惊呆了。先是前院邻居的一棵枫树红了，紧接着是又一棵，又一棵……一两天的工夫，一条街都被染红了。这惊喜的发现是在秋天里的一个早晨，刚起床的我忽听女儿在楼梯口上喊："妈，快出来看呀！"我以为出了什么事，急忙推开卧室的门出来，女儿用手指着起居室的超大落地窗，我随她的手势看去："好家伙，这是什么？着火了吗？"

挑高的超大落地窗上面，圆弧形的玻璃窗是一片红通通的火海。原来，窗外那棵超大的枫树一夜之间红透了，浸染了超大的落地窗。枫叶的红已被晨阳送进了屋子，整个超大超高的起居室里被枫叶映衬得一片火红……

Oh, my God!

我对枫树的情怀与生俱来，似乎是刻在骨髓里的一种情结。奥林匹克公园那棵硕大的枫树下，有我初来海外的孤寂，也有我"被生活撞得生疼"的记忆；有我生为人母的焦虑；也有我无助忧伤时的眼泪。我曾在这里想过《死后去哪儿？》，我也曾在这红枫落叶中构思《再见生命！》。

枫叶记录着一位执笔为文的人在异国他乡的心路历程和海外生活的磕磕绊绊。叶片上的每一条纹路，都通向岁月深处的窗口，告诉枫树我走过的异乡之路。

我甚至在60岁生日宴上对女儿说："……就把我埋在大枫树下

吧！""你想来生当一棵树吗？上半身沐浴阳光，下半身扎根大地。"女儿用三毛的那首诗调侃我。

但她不知道，其实，枫树早已成为我心灵和精神上的故乡，我灵魂最后的归属地！

我是一个没有故乡的人。我在很年轻的时候写过一篇关于故乡的散文，其中有："有只燕子在空中流浪，它找不到回归的故乡。"

2022年，中加国际电影节上，我被莫言给予故乡的定义击中，只不过"血地"对我来说有着双重的含义。蒙特利尔（Montreal）雪夜如啸的晚上，睡不着时，我一遍遍读野夫发在朋友圈里的《童年的恐惧与仇恨》。后来我才渐渐明白，为什么潜意识里有漂洋过海；为什么没有故乡的认同感？是因为血地，双重的血地。没有经历过的人是难以理解的。

许多文学家也在寻找他们心灵里的故乡，甚至穷其一生。很庆幸，我和它不期而遇！

十年前，当我第一次从人民银行拿了兑换出的一沓印着枫叶的加币时，情不自禁地吻了它。也许，那一刻，我注定了要和北美的枫叶相遇，这是一份缘。

如果有来生，

将自己站成北美的一棵红枫

一半在泥土里安详，

一半在秋风里飞扬

一半洒落阴凉，一半沐浴阳光

非常静谧，非常骄傲

如果有来生，将自己与枫树站成永恒

在北美的大地上，恣意纵情

赤道南8度寻梦

春天里嫩绿，秋天里彤红
当清风吹过山岗，
整个世界都被浸染秋浓
……

我曾把红枫叶和湖面上的夕阳连在一起比较。小区的湖公园近在咫尺，秋天的晚霞是我见到过的最美丽的夕阳。当庭院里的大枫树通体火红；当湖面的夕阳残血般浸染天际的时候，我会久久地伫立在它们身旁。我揣度它们生命的意义，我试图破解它们在生命的最后时刻，拼尽全部力量将自己燃烧的勇气和力量。残阳如血，枫林尽晚。是它们在天地之间最完美的形象。

这个北美的深秋啊，注定是我生命中的一个旧地，是我在蒙特利尔最深的记忆。

岁月可以老，我对枫叶的情怀不老，也不会老。它只会随着岁月的变迁，越发浓烈如陈年的酒！

2023年仲秋 写于蒙特利尔
发表于2023年10月加拿大《华侨新报》
同频《华侨新视野》

千岛湖上的城堡

去看尼亚加拉大瀑布之前，我们先去畅游了位于美加东部交界处的千岛湖。千岛湖是加拿大的三大自然奇观之一，它离多伦多不远，在金斯顿附近。上游是著名的安大略湖，下游是圣劳伦斯湖，它是因湖区上散落着1865个大小不一的岛屿而得名，其中的一个叫"心岛"。

每一位来参观心岛的游客都必须携带在有效期内的护照，因为心岛属于美国领土，加拿大与美国以外的其他公民必须携带护照和有效签证，才能进入博尔特城堡，并需要支付额外的门票。

千岛湖是我见过的最美的湖！

此前我竟不知道人间还会有如此美妙的湖！这也更加深了我对大自然的顶礼膜拜。

北美暮春里的一天，我和安卓拉从白求恩的故乡出发，几个小时的车程后到达多伦多。先是参观了那里的大学，然后驱车向东，到达湖边时已近正午。

刚下过一场小雨，有些清冷。但岸边的草地依然绿得令人享受，湿润的阳光妩媚地洒在浩瀚的湖面上，波光粼粼……

放眼望去，看不到边的湖水里星罗棋布地坐落众多的岛屿，大小不一，但都掩映在一片片绿色的丛林里。

随后，我们登上一艘早已等在那里的游船。

赤道南8度寻梦

　　这是一艘不大的双层游轮，在船的前端进口处安放着一个欧洲18、19世纪的铁炉子，形状很精美，像个工艺品。开船前，满脸大胡子的西人二副抱着一捆劈好的木柴上来，蹲在铁炉子前生火。不一会儿，铁炉子里的木柴燃烧起来，传出"劈劈啪啪"的响声。坐在离铁炉不远处的我目睹这一切悠然从心底升起一种久违的亲切，竟莫名地有些感动。遥远的故土里，曾经也有过关于铁炉子的记忆，只是那记忆早已被岁月的风尘褪去了颜色。以为早已忘记的生命片段却在这北美的游船上被唤起，刹那间我嗅到了故乡的味道。说不出的一种浓厚的温情在这北美的暮春里荡漾开来，周身被一种旧时的暖意包围着，我透过船窗凝望远处湖面寥廓无际蔚蓝的天宇……

　　一炉火就让船舱里暖和起来。一位坐在铁炉旁的母亲打开了襁褓中的婴儿，她那么小，粉嫩的一团，张开的小手和小脚不停地舞动着，一双圆溜溜的大眼睛好奇地望着这个她还不熟悉的世界。

　　我和安卓拉依窗而坐，前面就是那炉燃烧的火。少许，游船拉响了汽笛，几声鸣叫后缓缓离开岸边，掉转船头向开阔的湖面驶去……

　　湖水超然的宁静。

　　我们走出船舱，来到二层的甲板上，站在船头迎着吹过来的风……没有一点响声，整个湖面像一面巨大无比的镜子，船像一个巨大的犁铧，徐徐地犁开湖面，耳畔响起船桨划破水面的声音……

　　水面越来越宽，静寂纯美。太阳升到了当空，直射在游船上，提高了湖水的温度，一扫雨后的清冷。我们不得不用手挡在额头前遮住刺眼的太阳。

　　一个个小岛随着游船的前行出现在我们的视野里。第一次看到这样迥异的别墅，这样精美的建筑，这样仙人居住的地方，这样无法用语言形容的大写意境。每一个小岛上的房子都是一件不可多得的建筑艺术品；每一个小岛上的园艺设计都是艺术家的大手笔；每一个小岛上的丛林都让人产生诸多的联想……

也就是在这美如仙境的湖里，我第一次见到了浮在水面的船屋。

那船屋建在小岛脚边的浅水里，两侧用比较坚固的材料制成，上面搭起拱形的篷，船就停泊在两侧之间的水里。头顶是篷，两头没有门。中国北方的平原上少见船，特别是这种建在湖中两头敞开，上面搭篷的船屋就更少有了。

静，超乎寻常的静，游船破镜而行。我站在船头的最前端，眼前是一望无际寂静的湖面。这让我想起一位诗人的诗，在诗中他把湖比喻成大地的眼睛。千岛湖，这是大地怎么的一双明亮的眼睛呀！一尘不染，纯净平和。几千年来静静地与太阳和月亮为伴，与朝霞和夕阳为邻。它把大美奉献给人类的同时静静地把自己化成一滴水隐入湖中……

游船在弯道处侧身，一叶小舟划出船屋进入我们的视野里，小舟如同一片树叶飘在烟波浩渺的湖面上，只见那站于小舟上的人举起渔竿轻轻向湖中抛出……那长长的渔线就在光影中幻化出一道美丽的彩弧。

似乎听到那渔线落水时"啪"的声响。

"Beautiful, so beautiful！"

"It's beautiful!"

我们没有任何语言能准确地说出此时此刻对它的感受，只剩下这最简单的表达。

这千岛湖是美加两国富人的水上别墅区，是他们避暑的天堂。据说最小的岛也要300多万美元，还不包括建筑设计、装修等费用。每一个岛的主人都要将所有的建筑材料和所有的生活用品及园林艺术品运到岛上来,那可是一笔不菲的费用。

这个美加两国共同拥有的美丽湖泊,1/3 的岛在美国,2/3 的岛在加拿大。湖中心的分界线将此湖一分为二,南岸是美国的纽约州,北岸则是加拿大的安大略省,绕湖一周需用 3 个多小时。当年,美国通用公司总裁买下了扎维孔岛(加国)和邻近的小岛(美国),他在两岛之间建了一座桥,那桥就成了世界上最短的国际桥。全长仅 9.75 米(也有人说 4 米)。总裁在两个岛上分别挂起了加拿大、美国和法国国旗。

千岛湖是一个仙境,美加的许多有钱人、艺术家纷纷买下湖中的小岛,在上面建筑起美轮美奂的避暑山庄,享受与世隔绝的隐居生活,独品大自然的鬼斧神工。

"好一个宁静隐秘的私人空间,称得上风情万种!"

我和安卓拉感慨。

游船在前行,一座座富丽堂皇的豪宅和许多风格脱俗的建筑伴随着岛上茂密的丛林从我们眼前闪过,像一幅幅童话展现在天地之间。整个水域就像一个包罗万象的藏宝库,旖旎的风光俯拾皆是。以至于很久以后回忆起千岛湖,我都恍若在梦境里,因为那个湖超越了真实,像幻境。

一直没有离开甲板,游船从容地向湖的纵深处驶去,我的心情不自禁地紧张起来。渐渐地,蔚蓝的湖面上出现了尖顶,继而是城堡的墙体渐次变得清晰起来。蓝天白云下,一座瑰丽雄浑的灰褐色城堡就那样横空出世般竖在眼前。瞬间,那圆圆的尖顶猛然戳在我的心口上,我知道那个令我向往同时又令我忧伤的地方到了。

这就是千岛湖上的心岛,一个中世纪的古城堡,一个孕育凄美爱情的地方。

很多年前看过一部欧洲电影《蝴蝶梦》，曾经为那电影中的人物和那座瑰丽的城堡流下热泪。如今，当我第一眼看到千岛湖上的这座古城堡时，电影《蝴蝶梦》中的片段又一个个出现在眼前。湖中的城堡和影片中的城堡似乎存在着某些共处，比如它们的建筑风格；比如它们演绎出的悲伤凄美的爱情故事。不同的是，一座被毁于大火之中；一座被废弃在这湖岛上，而两位男主人公都怀着各自的伤心往事别它们而去。

西方的古城堡，总是有着这样或者那样的故事，或凄美或伤感。但这座城堡似乎更加让我心痛。我记住这个城堡，不是因为那片蔚蓝的湖水，而是因为它那迥异的建筑和美国旅游业大亨乔治·博尔特留给这座小岛的那段令人心碎的爱情。

千岛湖上的这个小岛，名叫"心岛"，但更多的人叫它博尔特古堡、罗宾兰德古堡。叫博尔特古堡是因为这个城堡的男主人叫博尔特，这样叫也许是让人更容易记住他；叫罗宾兰德古堡是因为当年博尔特买下这个岛建古堡时，取名就叫罗宾兰德古堡。但不论怎么称呼，它都让人想起那段历史，想起这古堡与曾经建这古堡的主人的故事。

1900年，乔治·博尔特斥巨资买下千岛湖中的这个叫心岛的小岛，大兴土木欲建一座举世闻名的古城堡献给他的爱妻露易斯。建岛时，他将这个城堡取名为"罗宾兰德古堡"。他不惜重金，向世界招募设计高手，仅室内的设计就用了10多位世界顶级的设计师。整个建筑历时4年。乔治·博尔特动用了包括石工、木工以及艺术工人在内的300多人的施工队伍，使用最好的建筑材料，还把岛的岸边修筑成平面心形，在岛的中心建造起这座6层楼高，拥有120个房间的古城堡。包括通道、发机房、意大利式花园、小桥和鸽子房等。他甚至还在心岛的末端水边建起了另一个小城堡，以孝敬他的岳母。两座城堡之间有小桥相连，好让岳母来探望露易斯时入住。这样，他的爱妻就可以随时能与母亲相聚。

博尔特本是准备建筑一座瑰丽的莱茵式古城堡，作为那年情人节献给爱妻露易斯的礼物。

博尔特出身贫苦，做过苦工，后在一家酒店里做卫生。那年酒店裁人，他提出不要工资靠小费坚持留下来，几年后他利用辛苦挣来的钱经营起小旅馆生意。露易斯是他中学时的同学，出身于一个中产家族。家境富裕的父母极力反对这门亲事，但在露易斯的坚持下他们最终结了婚。婚后的博尔特竭尽全力奋发努力地工作，终于经营起属于自己的酒店，成了亿万富翁。但不幸的是婚后露易斯得了重病，病榻上的她内心里非常想念在德国城堡的生活。博尔特知晓了爱妻的心愿后就在千岛湖上买下了这个地形酷似"心"字的小岛，想在情人节送给她。就在博尔特为妻子大张旗鼓地建造古城堡时，就在古城堡还差一年就可全部完工时，1904年，露易斯病逝。露易斯的离去对博尔特的打击是致命的，丧妻之痛让他无法继续城堡的建筑，那工地上的每一砖每一瓦都含着他对妻子无尽的爱，而如今却都成了他对妻子离去的痛。他电报通知停止了岛上的一切施工，伤心欲绝的博尔特从此再也没有踏上小岛半步。这座未完成的城堡也成了他爱情的纪念碑。

后来，伤心至极的博尔特将此岛捐给了美国政府，条件是不允许任何人在岛上居住，包括古堡里的服务人员、清洁工。为此，美国政府买下了此城堡周边的小岛，供服务人员居住。

午后的阳光泼洒在古城堡上，给它披了一身的霞光。我们漫步在古城堡的四周，心里想着这个凄美的故事，感慨万千。生命的存在和无常，爱情的甜美和苦涩；感慨上帝造人时为什么总是把相聚与别离那么残酷地放入生命里？我和安卓拉默默地沿着那古城堡走了很久……

我对欧洲的古城堡一直有一种宗教式的崇拜。它神秘、深奥，蕴藏着许多故事。或悲或喜，但不论怎样它都会触动你心灵的深处，让你对它们无法忘记。在那些故事里，你品味着人生的况味，咀嚼着人世间的五味杂陈，提炼出最好的生命意义。然后你再背起包上路，天南地北的旅途中你不再孤独，因为你的心中有那些别人不知道的世界，它们将是路人无法诠释的经历。

一抹夕阳打在古城堡的钟楼上，心中涌动久违的冲动。我和安卓拉再次进入古城堡内，沿着狭窄的楼梯爬向钟楼的顶端，这里是整个古城堡的制高点。就是那时，我第一次留心观察了欧洲古城堡的结构。我们在一大串粗大的三角形木头架子中穿行。我知道这是城堡的房顶，那些粗大的房架子有些像迷宫，我们绕来绕去，心里竟有几分莫名的惬意。毕竟，那是一次特殊的体验。

70多年过去了，这座古城堡的石质结构遭到了风霜雨雪的侵蚀与破坏。1977年，千岛湖大桥委员会决定保留并完善古城堡，以使后人能够欣赏这个传世的建筑杰作，投资数百万美元进行了系统的维修，使这座古城堡完好如初。

夕阳染红天边的时候，我们登上返航的游船。当那古城堡与我们渐次遥远时，泪水模糊了我的视线……

"我是大陆，我是远游客，我是无数下海的船！"

写于2016年2月9日 蒙特利尔
发表于2023年10月加拿大《华侨新报》
同频《华侨新视野》

圣诞集市上的手工制品

圣诞之于北美的海外华人，一样的隆重。在海外待久了，过圣诞亦如同在国内过春节。又恰逢今年暖冬，已经进入12月了，气温却时常还在零度以上。

12月的第一个周末，我们《华侨新报》的三朵铿锵玫瑰决定去蒙特利尔圣诞村集市转转。

找停车位，钟楼下集合后，我们朝着圣诞村集市走去。

远远地，一排排高大的圣诞树抢先映入我们的眼帘。接下去就是一大片丰富多彩的手工制品，有白桦树做的可爱的小木熊，有一米多高的小鹿，还有它身边的一家子，按大中小排行应该是爸爸、妈妈、姐姐和弟弟或者是妹妹；还有用松树枝和红果子树枝艺术地组合在一起的圣诞花束。漂亮的丝带系在松枝和红红的果树枝上，既有节日的欢庆，又带着大自然的芳香，让这节日的市场充满了欢声笑语。我们沿着货摊一家家仔细地观望着，时不时端起手机拍照，三个人都忙得不亦乐乎。

一对年轻的夫妇带着两个孩子走进我们的视线，走在前面的小男孩三四岁的样子，黄色的卷曲头发，蓝色的大眼睛，白皮肤。那个躺在妈妈手推车里的小女孩一岁左右，睁着两只大眼睛好奇地盯着我们看，那年轻的妈妈冲着我们微笑着点了点头，我情不自禁地望着那小女孩说道："So cute！"

这个距离地铁站几步之遥的 Atwater 市场对面就是 Place du Marche 广场，这是个传统的圣诞市场，拥有数十家参展商和娱乐活动，让不同年龄的市民都能在这里沉浸到圣诞节的魔幻时光中。

也许，这就是圣诞村的魅力吧！

我很惊叹那些手工的制作者，一段白桦树干，一些散落的松枝、野果子树枝、掉落地面的松塔，在他们灵巧的手中，都成了艺术品。

Jenny 说，这些都是村里的农民做的。我信。因为我曾与一位西人朋友交谈过此话题，他是位大学教授，却十分喜欢做一些手工制品，他的很多休息时间都是在他的木工房里度过的。他还说，北美的男人从小的愿望就是长大了拥有一间自己的独立工作间，墙上整齐地挂满各种工具，电锯、切割刀、电刨子等一应俱全……

北美的男人爱动手，什么事情都愿意自己做，大到盖房子、装修屋子、修整庭院花园，小到制作这些可爱的工艺品。

一行三人逛了圣诞手工集市，又进到室内的农贸市场里。哇，超大的空间里摆满了新鲜的蔬菜和水果，种类繁多，应有尽有。特别是农民们手工制作的新鲜奶酪、烤鱼、烤肉、烤羊腿……数不胜数。我们在一家装扮得十分漂亮的柜台前买了包装精致的巧克力、火腿大面包，又转到农人的柜台前买下了他们手工做的蜂蜜和用野果子酿的果汁，喝了他们手工制作的咖啡和夹着花生的甜点，心满意足地离开。

在走出户外圣诞集市区域时，我还不忘选了钟爱的木头小胖熊，这是我送给 Jessica 和 Sophie 两个小家伙的礼物，我会在平安夜那天晚上，将它们用漂亮的彩色纸包装好，放到家里的圣诞树下，等待第二天早上她们醒来后的惊喜！尽管我并不能肯定地回答她们向我提出的"是圣诞老人给我们的礼物吗？""他昨天夜里真的来过我们家了吗？"这样的话题。

但这毕竟承载了我们对 2022 年圣诞节最美好的记忆！

还有这个我们一行三人去过的圣诞集市，那些精巧、生动、漂亮的圣诞手工制品！

写于 2022 年岁末 蒙特利尔

发表于 2022 年 12 月加拿大《华侨新报》副刊

同频《华侨新视野》

走访陶瓷小镇

北美，盛夏，七月里的阳光——

出报纸的前一天，偷闲和好友 Cindy dong 去了一趟蒙特利尔岛北边大卫谷的 1001ts 陶瓷小镇看陶瓷展。

从西岛出发，驾车需要 1.5 个小时。

那天，我们起了个早，晨阳中驾车向正北方向进发。

七月下旬的蒙特利尔，满眼的鲜花和绿植。不论是庭院还是公路两旁，都被绿茵覆盖了。这应该是加拿大东部最美的季节。不论是因疫情被困的人们，还是从漫长的冬天走出来的植物们，大家都欢天喜地地享受着盛夏带来的短暂快乐！我们俩也不例外。

车进山后，心情越发舒朗，大好！没有开空调，一任山风从摇下的车窗吹进来，吹乱我们的头发。爽！

眼前的视野随着山路的蜿蜒越发开阔起来，迎面而来的山坡阔野让我想起洛基山。蒙城的山脉是舒缓的，给人一种温润的感觉，与洛基山迥然不同，车像穿行在山脉绿浪里的船，起伏在浪尖和谷锋上。终于，车子驶进了陶瓷小镇，坐落在山坳里的法式小镇。

小镇宁静悠闲，每一个角落都充满了艺术的气息。一条小街穿过小镇，小街的两旁是一幢幢很有法式风格的木板小房子。房子都有上百年的历史，斑驳的岁月在彩色的油漆涂染下，阳光中溢出满满的法国情调。想起艺术博士 KK，此时的他正在法国东北部的科尔玛，那

赤道南8度寻梦

个汇集了世界各国艺术家、画家的小镇上安置他的画廊和他在法国创作的那些绘画作品以及那些日常……

在这里，似乎人人都是艺术家，他们对这些艺术的欣赏和理解，从他们的目光和脸上的表情里流露出来。

陶瓷展的门票只收4刀（加币），换来的一个扣子状的小陶艺，下次来可以重复使用，不需再买门票。

五颜六色的陶瓷器皿在阳光下闪着耀眼的光，种类繁多。有杯子、盘子、艺术品，还有各式的插花瓶、西人常用的牛奶量杯等数不胜数。我在那些美丽的物件面前流连忘返，巴不得把它们都搬回家。

中午，我们去小镇上的比萨店，要了最便捷的汉堡和2杯咖啡，两个人消费不到40刀（加币）。

午餐后，我们沿着小镇上的画廊一个一个地走访。因为不是周末，人不多，但每一个画廊仍然是那么真诚地迎接着每一位走进来的访客，详细介绍那些陈列的艺术品。从跟他们的交谈中，我得知这些艺术小画廊都是当地的艺术家自己的作品。而且这个小镇的居民基本上都是法国人。他们说，这里是另外的一个法国。

我们看到了一些木质的自行车，很有年代感，还有2米多高的木质旋转楼梯，还有很巴黎的木质工艺品。看到它们，让我想起了巴黎的许多往事——塞纳河、左岸、夜晚中的埃菲尔铁塔、极度奢华的凡尔赛宫，还有坐落在市郊的枫丹白露宫，还有蒙马特高地下那些以画街头人像为生的闲散的画家，还有两天都看不完的卢浮宫，还有……

小街上还有一个电影院，挂在门前的牌子上说，这个电影院已经有一百多年的历史。我似乎被吸入了时光隧道，回到那个女士们穿着长摆连衣裙的高光时刻。

傍晚，我们在路边的一个书亭前停下来。见一位40来岁的西人先生打开书亭从里面拿出一本厚厚的书坐在草地上读起来，书亭的门敞开着，我走上前翻阅着那里的书。大人儿童的都有，而且种类也不少。Cindy dong 告诉我说，这是街头书报亭，供大家阅读，不收费，看完了放回去就行。我很感慨，上百年的电影院，没人管的免费书刊亭，幽静的丛林小路，闲暇的人们，多美的一幅乡间诗画呀！

　　回去的路上，我们又去泡了途中的一个日本温泉。这温泉陈设在山坳间，被茂密的松林遮掩着，泉水叮咚，冒着热气，很像一团团白色的山峦迷雾叠嶂，中泉、热泉、冷泉、桑拿一应俱全，整个人被融化在大自然里——

写于2022年盛夏7月 蒙特利尔
发表于2022年8月加拿大《华侨新报》
同频《华侨新视野》

星期五是条狗

深秋,枫叶染红窗棂的时候,我们的新书柜终于到家了。

一大早起来清理堆在起居室角落里的书籍,那是我不远万里从北京家中运来的第一批书。疫情阻隔了回国的路,唯有偶尔翻阅这些书时,才神回故里,想起想念大北京城的诸多美好!

对读书人来说,闲暇时整理书房是件极其愉悦的事。像在回顾历史,又像在精选岁月。于我,那一本本跟随了几十年的书籍,仿佛分离了许久的老朋友又回到身边。

拿起一本钟爱的书,不用读,只翻开扉页上当年买它时或文友相赠时的留言,那场景就会浮现在眼前,那么多暖心的记忆瞬间翻越地球跨越大洋来到眼前——

突然,当我拿起一本很厚的书时,啪的一声,一本袖珍的小影集落到地上。我弯腰拾起,翻开一看愣住了,是"星期五"的照片。一只离去的小狗主人居然保存了它22年的相册,它天上有知也可欣慰了!

"星期五"应该是我在狗市上买的第一只狗。纯白色,长毛,红眼睛,有点像兔子。那时女儿还在读高中,有天周末,我们去逛江边的花鸟鱼市。人很多,动物也很多。各种狗、猫、兔子,特别是那些五颜六色的鸟儿,叽叽喳喳叫个不停,好像在开音乐会或者是只属于它们鸟类的大party。我和女儿这边瞅瞅,那边瞧瞧。女儿生来喜爱小动物，好不容易来一次这儿更是兴奋不已。几只毛茸茸的小狗将我们引到一家摊位前，"好可爱呀！"女儿抱起一只翘着小尾巴朝我们跟跟跄跄走来的小绒毛毛狗说。这哪里是狗？分明是一团白绒毛毛球呀！它那么小，女儿将它托在手掌上，宛如一团白绒球。看样子，它可能刚刚满月，抑或还没满月吧。

"太小了，不适合我们家养。"我转身欲走，意让女儿将那小绒团团放下。我和女儿刚走了几步，回头看那小毛团正跟跟跄跄地紧跟在我们身后，一个不小心还险些摔倒。只见它那弱小的身子一歪，却又努力让自己站住了。我突然被它暖到了，回过身将它托在手里，来到摊主面前："多少钱？我们买了！"

"妈妈，我们给这小狗起个什么名字呢？"回家的路上，女儿问我。

"今天是星期五，就叫它'星期五'吧！"我若有所思地说。

从此，"星期五"就成了我们家里的一员。不久，女儿开学住校去了，我在家里写我的第五本书。每天完成写作后，我都会带着"星期五"去楼下散步。它太小了，我找来一个漂亮的小筐载着它。日子久了，它好像会计算时间似的，每到我刚停笔，它就会摇着可爱的小尾巴跑进我的书房，贴着我的脚面蹭来蹭去。然后就跑到门口的小筐旁边静静地等我过来。我将小筐轻轻一斜，它就像只兔子似的跳进去，坐好。我提着它下楼，接下来就是我们俩午后的休闲时光了。

在人少的树林小路上，我会将它放下，它就欢快地跑起来，边跑还边回头看看我，示意我它跑得有多快。

它像一朵白云在傍晚的暮色中移动，奔跑，引我无限遐想……

入秋后，我喜欢窝在床上读书。"星期五"就趴在我的腿上蜷成一团白毛球，还不时穿过我手上的书爬到我的胸前，用它那一双水灵灵圆润润的大眼睛望着我，直到我放下书，停止阅读，将它高高举过头顶，一下又一下，它开心地笑着——

我不知道两三个月大的小狗，智商相当于人类几岁的孩子。但是，"星期五"表现出的行为常常让我觉得它除了不会说话外，分明就是个孩子！忙完了家务，我时常会手拿一本要读的书从床尾向后退，一直退到床头。然后背靠在床头板上开始一天里的阅读。我这样做时，开始"星期五"瞪着圆溜溜的大眼睛歪着头在一旁看我，看了几次之后，它开始学我的样子，也从床尾坐着用两只小爪子撑着移动圆润的小屁股向床头退去，直到退到后背靠在床头板前，和我并排坐着，还一副若有所思的样子目视前方……我被它的举动惊呆了，继而爽声笑起来，将它搂到怀里："你是在学我吗？你也想读书吗？"它似乎懂得我在对它说的话，它的表情非常的 nice。

后来我带它下去采访过几次，一路的陪伴很是让我温暖。但当我回去看望母亲时，我还是决定将它留给了母亲。无疑，"星期五"带给母亲不少的欢乐和陪伴。母亲曾对我说，无论什么时间，只要母亲起夜，"星期五"都会从它的小房子里跑出来，守望着，直到母亲从卫生间出来上床躺好后，它才安心地回到自己的窝里去。而每天早上，它会趴在母亲的床边看着母亲醒来，然后开始他们俩的晨练——拔河比赛。

不幸的是，家里的保姆灭鼠时，不慎将灭鼠药掉到了地上且被"星期五"捡吃了。

母亲是位从枪林弹雨里闯过来的武将，但面对"星期五"的饮药身亡她还是难以接受。她告诉我说，不要再给她送小狗做伴了，再有个什么意外，她承受不了。

"星期五"以这样的方式离开，让我也难受了很长时间，我把这归罪于那位粗心的保姆，气愤地要求母亲开除她。母亲宅心仁厚，说她找份工作也不容易，毕竟辞退她"星期五"也回不来了——

如今，母亲和"星期五"都去了天堂，想必他们一定会重逢，一定会重启他们的拔河晨练项目。祝愿他们在天堂快乐幸福，祝愿母亲再无人世烦忧！

后记：22 年前的那个星期五，我和女儿买"星期五"时，之所以给它起这个名，是因为当时我脑海里突然出现的鲁滨孙和他的随从——星期五。他们在探险途中曾被困在岛上，而那时我和女儿也似乎被困于一个荒岛。这是我给小狗起名时的"若有所思"。

不知从什么时候，星期五的前面被人们加上了"黑色"二字，后来又演变成了疯狂的购物节。不论怎么变，好像都和 22 年前那个购买"星期五"的星期五扯上关系。恰时又逢黑色星期五，我在当年鲁滨孙发现的新大陆上书写有关星期五的文字，这是个巧合吗？

写于 2022 年 11 月 17 日 加拿大蒙特利尔
发表于 2022 年 11 月 24 日加拿大《华侨新报》

我与《漂泊中的温柔》

多年前的一个初秋，我完成了印尼朋友的画展策划工作后，由巴厘岛登机，经广州回到北京。

首都机场，飞机刚着陆，就接到黑龙江作家协会组联处处长孙姐的电话，问我能不能赶回哈尔滨一趟，参加一位从加拿大蒙特利尔回国的华裔女作家的签名售书活动。她一再强调："是从你女儿那个城市回来的，也是咱哈尔滨人。"

从本意上，我很想回去参加这位远道回国的双重乡音（哈尔滨、蒙特利尔）女作家的书讯活动。可是，我这次回北京还有更重要的事情要处理，而且我已经跟对方约好了洽谈的时间。不论我掐着手指怎么算，也无法在如约的时间里从哈尔滨返回京城。无奈，我遗憾地放弃了那次黑龙江作家协会的邀请。

那时，我并不知道《漂泊中的温柔》的作者将是我在加拿大第一位从心里认同的华裔女作家，且在日后北美漫长的冬天里成为畅谈文学的朋友；更不知道我在离开北京，欲要返回加拿大前，在北京西单图书大厦里买到的那本心仪的书，竟是她远道回国的签名书。

人生，处处充满了巧合和偶然。也许，冥冥中这巧合并非巧合，这偶然也是必然。当有一天，在加拿大蒙特利尔家中，一位前来造访的朋友拿起我案头放着的这本《漂泊中的温柔》问我，我将这个不是故事的故事说给她听时，她这样回了我一句：我虽然不是基督徒，但

我与《漂泊中的温柔》

出于职业习惯，也时常会参加一些教堂里的活动。所以，我对她说这话没有半点怀疑。

时日，我在北京家里收拾好准备返回加拿大的行李后，从劲松东口坐地铁去位于长安街上的北京西单图书大厦。这是我每次离开的老习惯——买一本飞机上读的书。

午后的图书大厦里洒满了秋日的暖阳。虽然不是周末，但前来看书购书的人却不少，哪个年龄段都有。特别是那些倚着柱子、书柜席地而坐的农民工，更是捧着胸前的书读得专注。大厦里很安静，他们粗糙的手指翻动书页传出的"哗哗"响声竟让我格外感动。我知道，那是一种无言的民族力量！

我习惯性地走向位于二楼的文学类书区，目光扫过一架架排列成行的书脊，心中默默念着。少顷，我的目光被一本清淡雅致的封面设计吸引，我小心地拿起那本书，轻声读到——《漂泊中的温柔》。我似被什么撞了一下，撞得有些酸疼。心在秋日午后的微风中开始飘来荡去。我清楚地知晓那"漂泊"的味道，那是我和女儿一家正在经历的人生；我也清楚地知晓那"温柔"的意义，那份于异国他乡暖心的温度。那是移居海外的华人心心念念的温度，似春天里的风。那是在异国的风雪中最能暖体的热度。"漂泊"和"温柔"本属于两个体系，但在这里，作者把它们有机地组合后，产生的化学反应竟是那么地让人向往。紫色的浪漫中尽管有几许抹不去的委屈和酸楚，但那漂泊本身带来的浪漫诱惑，透过淡淡的紫色忧伤让人无法抵挡……

我手捧着那本书思绪游离得很远，我的灵魂出窍了。当我回到现实维度里时，我迫不急待地翻开书的扉页，我看到那几行熟悉又亲切的字样：北方文艺出版社，作者：陆蔚青。书的勒口上是她简单的介绍。陆蔚青，加拿大魁北克华人作协理事，曾在中国大陆和台湾、北

赤道南8度寻梦

美等诸多刊物上发表——

Oh my god，这不就是从蒙特利尔回国参加北方文艺出版社举办的签字售书活动的华裔女作家吗？意外惊喜之后，我笑了。

人生何处不相逢。人不见，书见。

《漂泊中的温柔》封面设计得非常别致，上半部是一张灰白色调的海外街景。冬雪的街道，远去的人影，一位年轻人独自伫立在街边的路灯下望着手里的电话。

也许——

也许——

封面的左下角有这样一行字：华丽转身后空气中弥散着天各一方的苦楚与隐痛。就是这一行不大的方块字瞬间击中了我的某根脆弱的神经，我竟热泪盈眶。

次日，那本书与我一起登上了飞往加拿大蒙特利尔的飞机。

机翼下，是渐行渐远的北京城……

借着飞机上微弱的灯光，我翻开《漂泊中的温柔》，思绪却信马由缰地奔腾……

接下来的几年里，我忙于生活，忙于国内国外的采访，忙于手中未完成的书稿，那本读到一半的书被搁浅了，但它始终没离开过我的案头。

2021年，受新冠疫情影响，人们都被困在家里。魁北克作家协会举办的文学讲座也只能在线上进行。

那天，当我打开zoom进入会场后，我看到《漂泊中的温柔》的作者在主讲人的位置上，字幕上明确写着：作家陆蔚青，和她对讲的是多伦多的一位年轻华裔女作家。

我真不敢相信，随手拿起案头上的那本《漂泊中的温柔》，没错，

我与《漂泊中的温柔》

就是她。

"千里有缘来相会!"后来蔚青用这句话来调侃我和她的邂逅。

她的小说和一般的作家取材不同。大多数作家习惯从自己的生活中挖掘素材,以自己的生活经历为原型进行文学创作。而蔚青的小说人物大多来自她的生活而并非她本人。20多年前,她移民到加拿大后,就在蒙特利尔开了一家外文书店。她说她喜欢一边招呼生意,一边听顾客聊天,然后记下他们有趣的个性语言。她还喜欢像作家海明威那样时不常地去一些小酒吧、小餐馆坐坐。不是要喝那里的咖啡,也不是喜欢吃那里的家乡菜,而是喜欢听小酒吧、小餐馆里的人谈天说地,用各种方言。她常像拾到宝贝那样把那些富有特色的语言记到一个随身携带的小本子上,然后,那些语言就走进她的小说里,鲜活了她小说中一个个的人物。

那天讲座,她穿一件随意的短袖 T 恤,短发,戴副近视眼镜。海外二十几年的生活历练,让她沉稳又知性,成熟的思想搭配沉甸甸的语言,每一句都是那么具有感染力和对生活的穿透力。不知为什么,她让我想起国内的女作家方方,她们俩的身上似乎有着某种共性的东西。

蒙特利尔的冬天是漫长的,雪夜如啸的晚上,睡不着时,续读《漂泊中的温柔》,别有一番滋味在心头。

这本汇集了她散发在世界各地报纸、杂志上的小说共计20篇,都是她离开故乡之后的生活,她说,"曾是那样碰撞得生疼"。

《等待花开》是她小说创作中的获奖作品,也是本书的首篇。读它时,那沉郁的基调和压抑的气氛竟让我窒息到喘不过气来,某种灰色忧伤夹杂一抹凄美的希望在整篇小说里游荡。后来,我听蔚青说,她写的是一位孤独症女人的移民生活。

"怪不得呢！"我听后如释重负地松了口气。

那小说写得好，环环紧扣，情节在隐忍中一点点铺开，每一个情节的出现，都仿若带着一条金属的划痕，很容易引领读者随着她笔下的文字切入，沉浸式的渲染成功地让女主人从故事的源头一步步力透纸背地向读者走来，把一位海外女性华人的日常生活和移民异国他乡后的迷惘、苦闷、酸楚以及对海外生活产生的怀疑和对新生活如何重置的疑惑，淋漓尽致地展现在读者面前。在表达哀伤和距离的同时让人有种浓浓的置入感。小说的结尾，作者是用女主人对婚姻和爱情的回归，完成她对人物刻画的最后一笔。婚姻和爱情成为整篇小说最后的亮点。

在《古巴假期》中，她用魁北克人观察土拨鼠出洞的习俗确定春天到来早晚作为小说的开头，既带有浓郁的地域色彩，又为小说后面的情节发展埋下伏笔。小说主角"琼"的逃离，从度假形式到心路历程，再到结尾匆忙返航回归家庭，作者意在表达海外女性在婚姻家庭中的不堪重负，渴望被理解、被尊重，渴望有爱和精神上的沟通。作者没有写古巴恢宏的中世纪建筑，没有写满大街跑着的老爷车，而是选取了当地的一只土鸡作为参照物，既感性又真实地赋予了小说另一层深意。这种题材的选取是独具匠心的。

《凌晨4点58分》输入给读者的，是一个以爱情为主线结构的女性跨国婚姻。背叛与坚守都与4点58分发生了奇妙的关联。首先，4点58分是男主角吉米每天清晨的 wife time，即他给妻子准备早餐的时间。而被他出轨前妻的死亡时间也恰好是4点58分。前妻对自己葬礼安排的色调，也恰是她和吉米多年前洁白的婚礼。这样的情节设计很抓心。整个小说读下来没有一处闲笔，这也是她小说的一大特点。所有的情节都行云流水般填满结构的每个空间，使她的小说读起来有着浓重的结构主义色彩。这是我在北美的雪夜里读《漂泊中的温柔》脑子里蹦出来的想法，《漂泊中的温柔》可否与学院派同出一辙？

何为小说？文学理论里通俗地把小说解读为讲故事，讲一个好听的故事给读者。或共情，或被感，或剖析人性，或透视历史与现实，或从纷繁杂乱的生活旋涡里找到属于自己的那个拐点，然后转道。无疑，蔚青是位会讲故事的人，且她的小说多关注女性在移民生活中的命运与体感。但她的这些关乎女性命运的小说又不完全在讲故事。女作家张洁曾经这样说："中国大多数的读者是读故事，而不是读文学，这跟我们小说产生的历史有关系。"《漂泊中的温柔》是在海外移民大背景下产生的，这些女性作品绝不仅是讲故事那么简单了，文学性在蔚青的小说中占据着重要位置。

写小说成为她在魁北克这块充满法兰西风情土地上的执念。

中国北方的哈尔滨，那个有着"东方小巴黎"美誉的城市是我们共同生活过的地方，那里有着属于我们北方文学女人独特的记忆。呼兰河畔有文学前辈萧红，当代中国文坛有黑龙江作家协会主席迟子建，美国有用英文写作的哈金（哈金之所以叫哈金，是因为哈尔滨），加拿大有华裔女作家陆蔚青。他们都是从哈尔滨走向世界的作家。

我为哈尔滨这座城市骄傲，我为从这座城市里走出的这些文友自豪！我似乎又听到了耸立在中央大街广场上索菲亚教堂的钟声——

漂泊，让我们邂逅在异国的土地上；乡音，温柔了我们在北美风雪中漫长的冬夜。接一片与中国北方相同的雪花，融化成墨，浸染笔下的文字，如风。

我不是写评论的，也不懂评论。更不会从哲学的角度，美学的角度，艺术的角度去剖析一部文学作品。那应该是评论家干的活。我只是想写写我与这本书的故事，写写我读书中那些小说的感受。足矣。

昂首苍茫，我们这个时代肝肠寸断的表情！

后记：我是一个追求完美的人，但上帝总让我的"完美"跌入他的黑幽默。文章写完后，我突然得到一个信息，那位远道回国签字售书的女作家不是《漂泊中的温柔》的作者。我不知道是我的记忆出了问题，还是那位组联处孙姐的传达出了问题？

但有一点可以肯定，书是真实的，书的作者也是真实的，我在离开北京时去北京西单图书大厦邂逅《漂》也是真实的，《漂》的作者陆蔚青在魁北克作家协会上的讲座也是真实的……

一句话，除去签名售书不是她外，一切都是真实的。更真实的是那位回国签字售书的女作家竟是和《漂》的作者在魁北克作家协会线上文学讲座中对讲的人。

一切皆因缘而来！

为了保持我写作的初衷，也为了保持文章的完整性，我决定不予改动。

故此说明。

写于 2022 年 2 月 11 日 蒙特利尔

发表于 2022 年 4 月 加拿大《华侨新报》

同频《华侨新视野》

一个有趣的灵魂走了

北美，蒙特利尔。2023年6月14日，我和报社的同事们正紧张地在出版这期的《华侨新报》。突然，人民文学出版社平台上一个醒目的标题进入视野：中国著名画家黄永玉于2023年6月13日去世，享年99岁。

不突然，不意外，却有一份遗憾。这世界称得上"贵"的灵魂已经不多，有趣、有义、有情的灵魂就更弥足珍贵。黄先生是后者。

他的物理生命指针停在了双九的位数上。

"一个有趣的灵魂走了，"这句话，第一时间出现在我的脑子里。中国是14亿人口的泱泱大国，不乏出众的艺术家和著名的作家，但像黄永玉这样既才华横溢，又幽默风趣的画家并不多。90岁时，他画了一个大肚子老顽童，咧着嘴说：

"哈哈，90岁了！"

"原来最小，现在最老。"

"这世界长大了，我也老了！"

谁能不喜欢这样一位率真又顽皮的老人家呢？！这些个性语言出自个性十足的他之口，再自然不过。就连他走，也要选择一个绝对独特的数字——"99"。之前是"98"，之后是"100"，尽管他还对朋友们说他要在100岁时办个人画展，但他还是选择了"99岁"这一年。对于他这样一位浑身上下都充满了奇特字符与个性色彩的人来说,"98""100"也许都太平凡、太人世间了,太不符合他的审美模式和性格密码了。我们知道,"9"在数字王国中的位列为最大者,两个"9"加在一起,营造的那个意境和搭建起来的维度空间如同他的画一样耐人寻味,烟火中锤炼的灵魂纯度与高度的完美,是我们画外之人无法抵达和用一个"与众不同"所不能诠释的。

我们对画家、艺术家的喜爱不仅局限于他们的作品,还要归结到他本人,他是一位怎样的人很重要。至少,我是这样认为的。

许多的作家、艺术家都是作品和人不相符的,黄永玉是个例外。他对采访他的人说,我已经写好了遗嘱,不留骨灰,我要和孤魂野鬼在一起,那样自由得多——

他连死后的存在形式都安排得那么迥异,不合常理,岂能用"达观""豁达""活得通透"等一些凡间的词汇来形容?

"13"是西方人忌讳的数字,他却偏偏选择了在这一天离开。正冥想时,看到野哥(土家野夫)发出的一则消息,说美国著名作家科马克·麦卡锡也是在 6 月 13 日这一天去世的。难道黄老先生他早就有知,所以结伴而行?!没有人会想到,东西方文化竟然在这一天进行了一次超越国界的另类结合。两位大师,两位智者,两位在这个世界上不同凡响的画家、作家!

偶然往往隐藏于必然之中。

无论怎样,黄永玉老先生都是一块国之瑰宝,正如他的名字,永远是一块天地间少有的珍奇玉种!他给这个世界留下了那么多宝贵的财富,他的画,他的书,都会一直陪伴我们。从某种意义上说,其实他并没有离开,包括他对人生乐观通达的精神。不是吗?只不过,无愁河上的浪荡汉子在天国的另一端书写他在另一个维度空间里的烟火

一个有趣的灵魂走了

世界去了。

写于2023年6月14日 加拿大 蒙特利尔
发表于2023年6月加拿大《华侨新报》副刊
同频《华侨新视野》

罗丹的情人

很多很多年前,我去荒原采访时,意外地在当地的书店里买到了一本与罗丹有关的书——《一个女人》。封面是个大大的头像,黑白色,这个美丽的女人是罗丹的情人——卡米尔·克洛岱尔。

那本书的封面印制简单且有些粗糙,但那双会说话的眼睛却颇有吸引力。我被她深深吸住。直觉告诉我,这是一本不同寻常的书。我甚至为此庆幸我的那次荒原之行,感谢那个乌苏里江畔的小书店。

女作家安娜·德尔贝从卡米尔·克洛岱尔弟弟的文章里萌生了探索罗丹情人的好奇,进而获得了写作这本书的冲动。书中每章的开篇都引用了卡米尔·克洛岱尔在疯人院里写出来的信。那些信比正常人写的还要正常。

我读这本书和那些信的时候是 2011 年北方寒冷冬季里的早晨。读那些信时,为这个被关进疯人院的女人心痛。你看她那大而美丽的眼睛里含着多少期待和渴望?那么清纯的一张面容竟被 30 多年的疯人院生活折磨得荡然无存!那本书读得很是吃力,不是语言的障碍,也不是时间的关系,翻开枕边这本书的清晨,变成了苦涩沉重的晨读。说不清的历史,说不清的情缘,更有理不清的思绪。记得在法国巴黎卢浮宫看罗丹的那幅《思想者》雕塑时,我还没有翻开这本书,但冥冥中心里总有一种说不清的疑虑,不是对他的作品,而是对他这个人。现在想来许是我身边这本还未翻开的书的缘故吧。虽然那时我还不能给罗丹一个准确的定位，但那幅雕塑却在我心里占据着显赫的位置。我更加用心读这本书了。

那些寒冬里的晨读时光，让我跟随着那些发黄的文字一步步走近罗丹，走近这个女人。我战栗的思绪如荒原上暴风雪袭来的夜晚一样冰冷。一位伟大的雕塑家与一位灵性的、才华横溢的艺术女人就那样由爱生恨，到分离，到疯人院。整整三十年！不寒而栗！

几天前，电视里在介绍《罗丹的情人》的电影，我张大嘴巴的样子一定稀奇古怪。我看到了影片中罗丹的那个情人——卡米尔·克洛岱尔。那个美丽的、疯狂的女人。会是她吗？嫉妒？疯狂？狭隘？这些词从节目主持人的口中出来，我被吓到了……

浑浑噩噩的世间，毁灭了多少优秀的男人和女人。也许这就是"人世间"；也许这就是张爱玲留下的那句至理名言：生活是什么？生活是一袭爬满了虱子的缎带长袍！多么恰当的一个比喻，只是那时读它我还无法理解而已。多少女人造就了男人的事业，而最终男人抛弃了女人。这是一个法则，从古到今，从欧洲到亚洲，再到非洲。全世界的男人和女人都有着同样的共性。男人为性，女人为情。到后来吃亏的仿佛永远都是女人。因了这个不老的"情"字，天底下的女人吃了多少苦头？黄头发、黑头发皆逃不脱。

我曾想，如果卡米尔·克洛岱尔不是罗丹的情人，那个《思想者》的雕塑会不会出自她的手？她是那样才华横溢，可她为他牺牲了自己！

在巴黎，我明白了一件事，很多男性艺术家的超凡作品大多来自他们和女人的性欢之后，女人在某种意义上成了他们创作的灵感。当然这里不乏那些美妙的爱情。

这个世界一点都没错，错的是我们清纯如水的思想。

赤道南8度寻梦

一个女人，一个没有疯，却在疯人院里整整待了三十年的女人！如果再一次站在罗丹的《思想者》前，我会怎么想，我不知道。这浑浑噩噩的人生！

写于 2022 年 2 月 29 日 北京
发表于 2023 年 5 月加拿大《华侨新报》
同频《华侨新视野》

北美三章

渥太华看郁金香

从白求恩的故乡蒙特利尔开车去渥太华只需要 2 个多小时的车程，且一路上风光旖旎。因此，蒙城的许多人都会在每年的四至五月带上家人或与朋友们为伴，一路驾车去参加渥太华的国际郁金香节。那真是北美春天里的一个不错的选择，既可以体味那份春天带来的快乐与生机，又可以饱尝郁金香节这个世界大拍拖带来的视觉盛宴。真真一个心灵与视觉的美妙享受。

郁金香这花儿高贵典雅，体态柔弱中散发着淡淡的清香。挺拔的茎秆，托起含苞欲放的蓓蕾，在那闭合之间传递给观望者的是一份无法用语言来形容的神秘和淡然。那与众花儿不同的气质使它翘首花魁也是自然。它遍及世界的各个角落，五颜六色，成片地栽种更为可观。无边无际的花海望不到边时，它就和天边连在了一起，给观望它的人无尽的联想……没有哪一种花能超过它。这就是郁金香的魅力所在吧。

郁金香在植物分类学上，属于百合科（学名 Tulipa）。《本草纲目》中称它为洋荷花、旱荷花、草麝香等。从南欧、西亚一直传播到东亚到中国的北方一带。

赤道南8度寻梦

郁金香是荷兰和土耳其的国花。荷兰在16世纪末初次引进了郁金香，因生长地区纬度不同而花期各异，普遍在三月下旬至五月上旬。虽然全世界有3500多种郁金香品种，但仅有约150种得到大量地种植和推广。

被欧洲人称为"魔幻之花"的郁金香，自古以来就有一种莫名的魔力，使园艺家们热衷于它的品种改良，甚至有的人倾家荡产，只为了它那稀有的球根。

2015年5月里的一天，我们一家早早起床，带好路上吃的喝的，准备好照相机、摄影机，迎着北美和煦的春风出发了。

眼前是望不尽的绿色，从家门口的花园和路旁的桦树林就开始了。加拿大地广人稀，所以绿色植被非常繁茂。阳光下无际蔓延的嫩绿草坪；令人看一眼都不免心动的低矮丛林，还有那刚刚吐出新绿叶子的白桦树，和那些枝繁叶茂，散落生长在厅前屋后、街道旁、公路边的树们摇曳在春风里，那么地自如、从容，吸取着大自然的养分……

北美的春天，无任何人工的雕琢，却处处浑然天成。空气中掠过丝丝的甜意。突然想起马未都在国内一档电视节目里说过的一句话："加拿大的空气都是甜的。"

小家伙杰西卡（Jessica）坐在她自己的安全座椅里像小大人似的提醒驾车者："爸爸，拐弯了，请慢点儿""爸爸，上高速了，小心！"真不知道她是如何晓得这些驾驶技术的，毕竟才两岁多的孩子。更可爱的是当车厢里响起爵士乐时，她的两只小手呈兰花状向上托着不停地上下摆动，律动的节拍准确到位，妩媚俏皮。

一路欢歌，到了渥太华。我们的车沿着道斯湖畔直接开进了郁金香节的公园。满眼的花海，长长的郁金香花带沿着河岸一直延伸到很远的地方，望不到边儿。正凝视中，一辆公交大巴车迎面驶来。原来渥太华政府为了尽可能方便外地游客，沿着赏花路线还提供了直通公交服务，从道斯湖码头开始，途经市政厅、国会山和 Major's Hill Park，一直到渥太华对岸加蒂诺的赫尔大赌场。平日里工作忙碌的游客，还可以沿着丽都运河，在"郁金香之路"的河畔欣赏到郁金香的花海之壮美。加拿大政府做事是比较注重人文关怀的，这一点深受当地百姓们的拥戴。

主会场设在公园的深处。围绕它的是一片片望不到头的花海。杰西卡穿梭在会场旁边的一人多高的超大的郁金香工艺品花儿之间，两只小手背向身后做出飞翔状，嘟着粉红的小嘴，萌倒了不少周围的西人。

五颜六色的郁金香沿着道斯湖畔、丽都河畔向远方铺展开，看不到边际。这景观我在荷兰曾经见过。那是我第一次看到那么大的郁金香花海，堪称世界奇观。和郁金香媲美的是那一片天海连一的紫色薰衣草花海。除去震惊还是震惊。那花海比中国北方三江平原上的田野还要广博深远。紫色薰衣草和五彩缤纷的郁金香让我看到了一个完全与东方不一样的世界。那些花征服了你的心灵，你甚至傻傻地站在那里面对着它们无边的天际却找不出形容自己心情的词句！我在心里曾与荷兰订下一个约定，每年的3月，不论我在世界的任何角落，我都要赶到它那里，参加那个三月里盛大的郁金香节！后来我发现人生在世，很多的意愿都是心灵一种美好的期盼，真正实现却不是那么容易的事。所以人生留下遗憾，所以字典里有"憾事"一词。

郁金香是荷兰的国花，而加拿大与郁金香又有着怎样的一段奇缘呢？在渥太华的这届郁金香节上，我第一次了解到加拿大郁金香的由来。

赤道南8度寻梦

1940年5月，德国进攻荷兰。为了保全皇室，荷兰女皇威尔荷米拉（Wilhelmina）于6月初将女儿朱丽亚娜（Juliana）公主一家悄悄送往加拿大。

在荷兰面临危难之际，加拿大政府和人民热情地接待了朱丽亚娜公主一家，并为他们提供了政府住房。1943年1月，公主即将临产。按照加拿大法律，凡出生在加拿大境内的人，自动成为加拿大公民，但荷兰王室的不成文规定是，不允许皇室成员成为外国公民。

在这非常时期，如何既保护公主的安全，又不破坏两国的法律，加拿大政府遇到了前所未有的难题。最后，当时的加拿大政府破例通过了一项法案，把渥太华公民医院的一间产房临时赠送给荷兰政府。1943年1月19日，公主在那间产房里顺利产下了第三个女儿玛格丽特。一个不大不小的国际难题解决了，加拿大和荷兰两国的友谊也更加深厚了。

1945年春天，加拿大军队从意大利转战荷兰，相继夺回海牙、鹿特丹和阿姆斯特丹等城市；5月6日，加拿大军队代表盟军在荷兰接受了德国的投降。

1945年5月中旬，朱丽亚娜公主终于回到了阔别多年的祖国荷兰。当时正值郁金香盛开之际，荷兰政府当即决定赠送给加拿大10万株郁金香，以表达对加拿大士兵为荷兰作战的敬意，以及对加拿大政府接待荷兰王储的感激。同年，荷兰议会通过法案，将渥太华公民医院那间产房的领土主权归还加拿大。这看似孩童游戏般的领土转移，欲让世人领悟到两国政府的默契和宽阔的胸怀。

1948年，朱丽亚娜公主继承荷兰王位。随即下令每年赠送渥太华1万株郁金香。自那以后，渥太华成为除荷兰以外，拥有最多郁金香的城市。1953年5月，渥太华举办了第一届郁金香节，以表达对荷兰女王赠花的感谢。1995年，玛格丽特女王亲临渥太华主持郁金香节。同年，渥太华郁金香节升级为全国性节日。后又加上了国际性。

杰西卡把两只小手背向身后，小燕子般在花海里奔跑着，稚嫩的步子跌跌撞撞，童稚的笑声引来了许多的围观者。

主会场的舞台上，一群孩子在表演节目，不是那种很专业的演出团体，是由各学校或者是孩子的课外活动机构组织的。在加拿大，从政府到各学校到幼稚园再到每个家庭，更注重培养孩子们的能力和天性。

Mayo Clinic · 罗切斯特

从美国明尼苏达州最大的城市明尼阿波利斯（Minneapolis）开车到美国东部的罗切斯特只需3小时的车程。朋友Kevin告诉我说那里有全国最大的购物中心，还有一家全国最大的医院。

Kevin三十多年前移民在明尼阿波利斯。那时他刚刚结束了一段知青生活。

那天，我们开车一起从明尼阿波利斯启程去罗切斯特。他去看望一位多年不见的老朋友，我去罗切斯特为加拿大一家华人报纸采访，撰写稿件。

二月初的北美，雪大得出奇，车子刚刚驶出市区，眼前就是一望无垠的雪野，洁白如玉。落去叶子的白桦林和撑着大伞的枫树傲挺在原野上，那样的自如，没有半点儿对严寒的怯懦。

"哇，太像北大荒的冬天了！"

"听说那里的大烟炮儿厉害噢！"朋友Kevin操着一腔贵州

音说。

"你怎么知道？"我问。

"我有个宁波朋友是兵团知青。当年他还叫我去呢。"

"那你为什么没去呢？去我们那里当知青可比去别的地方好过多了。"

"我们那拨后来都被发配到农村去了。"

Kevin 说完摇摇头无限感慨地说："还是去兵团好，农村太苦了。" Kevin 的话不禁让我想起远在地球另一面的故园。

人不论走到哪里，走多远，故乡在心中总是温暖的。都说人的命运是上苍注定的，而那遥远的北大荒的命运又是什么呢？连同我们的父辈；连同当年的那些知青……

不断地路过农庄。那红蓝相间的彩色屋顶配上那些酷似儿童积木一样的卡通屋子，映衬在白雪蓝天下，让人禁不住发出唏嘘的感叹。我总是搞不懂，这儿的人为什么总是造这些可爱却幼稚的房子给自己住？好像他们永远也长不大似的。

公路被铲得很干净，一路上畅通无阻。说起清理积雪，加拿大当数全球第一；美国仅次第二。加拿大的冬天里，不论头一天晚上怎样的大雪纷飞，第二天早上起来，马路和人行路上一定是被清理得干干净净，包括居民门前和车道上的落雪。只要你肯每次向政府付 20 刀（加币）的话。

多数的积雪早已被清雪的大卡车拉走了，偶然留下的等待拉走的积雪井然有序地堆在路的一旁。人们若无其事地走在上班的路上，全然不会因为下了一夜的超级大暴雪而影响第二天的行走，不论是车和人。这是加拿大政府应该值得夸赞的地方。但那些老知青都不请政府，都自己来干。

雪野、村庄、白桦树之后，还是雪野、村庄、白桦树。如果不是有路标，我都怀疑我们是不是已经离开了地球。

到达罗切斯特时是午后一点多。约翰的朋友在一家很豪华的饭店招待我们。那天正好是西方的情人节，饭店里正在举办盛大的节日派对。我们这些老男人和老女人享受着鲜花和年轻人的爱情热量，不禁回望起我们那一代人苦涩的青春和可怜的爱情。"……高高的白桦林，有我的青春在流浪……" Kevin 的朋友约翰高声唱道——

我相信，那一瞬间，我面前坐着的这四位知青都看到了他们的初恋，看到了地球那一边，他们曾经的蹉跎岁月……

第二次去罗切斯特，是从加拿大白求恩的故乡蒙特利尔出发，飞行 2 个小时后在芝加哥转机，再飞一个多小时就到了罗切斯特（Rochester）机场。

这样走的好处是既能缩短飞行的时间，又能有效地节约旅途成本。

肖恩去机场接我。

肖恩是我的采访对象。30 多年前他在国内也曾经是一名知青，返城后移民到美国。他现在是一名医学博士，工作在罗切斯特的 Mayo 医学中心。

因为飞机提前落地，我早他几分钟等候在大厅里。

当肖恩推开机场转门的那一刹那，我还是看到了当年那个英姿飒爽的上海知青的身影。尽管肖恩他们那一代人已经进入了奔七张的年龄。

"I'm sorry, I'm so late!" 肖恩急切地走过来，一边跟我握手一边说。

"It doesn't matter! It is the plane landed in advance." 我微笑着说。

肖恩拉过我的行李箱，我们边说边走出机场大门。肖恩打开车的后备箱，将行李箱放好。

一路上我们不停地探讨上次采访的那个结局。

因为是补充采访，这一次我就有充足的时间来看看这个美国东部的罗切斯特小城，看看 Mayo Clinic 这个享誉世界的医学中心了。

同样的地名，在纽约州还有一个罗切斯特。但东部的这个罗切斯特比较小，它是明尼苏达州下属的一个以医疗为主打产业的小城。

雪后的小城依然是那么的宁静、温和。与其他美国地区相比较，这里更多一份幽静安宁。随处可见 Mayo Clinic 的员工，穿着制服，脚步匆匆，形成罗切斯特独有的风景。我注意到街角拐弯处掩映在高大枫树下的几幢美丽的白房子，那建筑风格充满了浪漫的欧美味道。街边上随处可见到自动售报亭，看上去也是一道不错的街景。还有那些插在各大建筑物上的星条旗，在湛蓝湛蓝的天空下静静地飘扬——

美国东部的这座罗切斯特小城是以美国著名的医学圣殿——Mayo Clinic 而闻名。小城有 20 多万人，主要经济都来源于这家享誉全球的医疗机构。这家医疗中心当地的雇员就有 35000 多人，医护人员 5 万多人，已收治 200 多万病人，这些病人来自 140 多个国家。

肖恩介绍说，Mayo 医学中心的雏形是 Mayo Clinic，它始建于 19 世纪末。在美国南北战争时期，有一个叫 Mayo 的英国医生内战结束后，在罗切斯特建了一家私人诊所——Mayo Clinic。后来他的两个儿子从医学院毕业后也加入老 Mayo 的诊所行医。随之，他们又陆续聚集了一批很优秀的医生、护士。1889 年，Mayo 父子与圣弗朗西斯修女合作创办了圣玛丽医院。此后，越来越多的医生加入进来，使它发展成为世界上最早的多学科综合性医院。1915 年，他们又建立了世界上最早的医学研究生训练项目。1972 年，Mayo 医学院正式成立。1986 年，罗切斯特 Mayo Clinic 与圣玛丽医院（Saint Mary's Hospital，SMH）、罗切斯特卫理公会医院（Rochester Methodist Hospital，RMH）正式合并。终于发展成为今天的 Mayo 医学中心。如今以它的名誉成立的基金会组织管理着 Mayo 的一切。

"那两个兄弟还在吗？"我问。

"他们已经完全把 Mayo 交给基金会了。"肖恩说。

我随肖恩走进这个被誉为五星级酒店的医疗中心。

哇，真是名不虚传。高大宽敞的全开放式空间，患者还没到，医护人员就已经等候在大门旁边，做好了各种接待的准备。轮椅、急救推车……

大厅的地面全部是大理石的。有很舒适的患者候诊区，足够大的空间没有一点通常医院的压抑感。楼梯旁悬挂着巨大的玻璃雕塑，各种各样的艺术品恰到好处地被布置在建筑的每个角落，让人很怀疑自己是不是走错了地方。

每一楼层的墙壁上都有很多漂亮的窗子，里面的人不论是走在楼上还是走在楼下，透过窗子都能看到窗外绿茵茵的花草。超大的人工瀑布、精美的工艺石雕，以及俯瞰远方绵绵山脉的窗口都让人心情格外地好。不怪肖恩说："采光越好，就越能消除病人心中的阴霾。"

我在一个拐弯处还看到了中国的"景泰蓝"。它们被摆放在一排精美的玻璃罩里，看到它们时，我的心猛然抽了一下。因为那里有祖国的温度，有中华民族的自豪在。

跟着肖恩继续往前走，我看到一块刻着英文字的烫金奖牌。肖恩介绍说，那是 1950 年，Mayo 医学中心获得的诺贝尔医学和生理学的两大奖项金牌。说这已经拥有 5 万多医护人员的庞大精英团队，多个科室多年来都一直排名在全美前三名。

正因如此，美国政界、商界的巨头们都来此就医。前总统福特在此安装了永久起搏器；前总统布什夫妇在这里置换了股骨头；包括美国前总统奥巴马也曾来到这所医疗中心做身体检查。中东国家的一些政要、富豪阶层也从世界各地慕名而来……

这里似乎不单单是个医学中心，它更像是一座城。因为这里应有尽有。咖啡厅、酒吧、服装大卖场、精品店、书店、音乐厅、快餐厅，甚至是孩子们的游乐场……

我听到了钢琴声，抬头望去，不远处的一个角落里，一位西人妇女正在那里弹琴，钢琴的周围站着陪伴她来看病的家人……

走在罗切斯特的大街上，随处可见因 Mayo Clinic 而生成的产业。肖恩指着那一幢幢耸立的高楼对我说，那公寓里住着的都是世界各地来 Mayo 看病的患者。有很多的老年人甚至干脆将自己的晚年安排在了这些公寓里。医学中心对他们也是特别人性化服务，只要他们在自己家里按一下报警铃，医疗中心的人就会马上赶过来，将患者接走。

望着这座因 Mayo Clinic 而著名的小城，我不禁感叹神圣的医学，它让多少即将逝去的生命在这里重生。

"这座小城就像一个巨大的汽车修理厂……"没等肖恩说完，我紧接着说："不同的是，他们修理的不是汽车，而是人。"

阳光暖暖洒满小城，洒在那些风格迥异的建筑上，很美。

情惑西雅图

从加拿大的温哥华出发，开车去美国西雅图只需 3 小时左右。

西雅图不但有国内热播的电视剧《北京遇上西雅图》中那个高高的宇宙针塔，还有一家特别好吃的帝王蟹餐馆。什么都不想做时，我便成了一个地道的吃货。不论是在美国，还是在加拿大。我甚至痛切地感到这辈子是没救了。

那天，在温哥华机场后面的一片水域看水上飞机的起降正起劲呢，朋友索菲娅问我喜不喜欢吃帝王蟹。我一听，五脏六腑的馋虫都被诱惑出来了，便一刻不停地催她。我们回家收拾了简单的行装，就开着索菲娅新换的高配置奔驰车出发了……

四月正是温哥华樱花盛开的季节。小区里、庭院上，街道两边到处都是盛开的樱花树。那一团团的樱花压在枝头，怒放着，让我想起汪峰的那首歌："我那怒放的生命……"不等车子开出庭院，我克制不住地扯着五音不全的嗓子唱起来。

索菲娅看着我陶醉的样子笑了，那笑容里充满了爱和宽容。是啊，毕竟快奔60岁的人了，怎么还这么不成熟。

可惜，欢乐和成熟应当没有必然的联系。也许这就是所谓性情中人的性格吧。

车子驶出市区大约20分钟时，我看到了那座具有象征意义的"和平门"。过了这个门，不远处就是美加边境检查站了。索菲娅将车子缓缓排在车队后边，等待过关。

没想到开车去美国，过边检竟是这般容易。

长长的车队，但没几分钟就排到了我们。索菲娅从摇下的车窗口向岗亭里坐着的边检递过我们俩的护照。边检人员仔细认真地翻看护照，核对我们的相貌。然后询问了我们几个常识性的问题。诸如你们打算去几天？主要目的是什么？

索菲娅指指我说："她是中国作家，要去西雅图采风。我们打算先去登宇宙针塔，然后去吃帝王蟹。"

年轻的边检是位长着络腮胡子的英俊小伙子，听了索菲娅的话后,探出身子向我友善地笑着点了点头。一手向索菲娅递过护照,一手向我们伸出大拇指:"Very good!"

怪不得加拿大的人常开车去美国度假、购物。还有句话这样形容:"到了加拿大,就等于到了美国。"

"这可比下飞机过关容易多了。"我说。

"因为你已经通过边检进入加拿大了嘛。"索菲娅答。

"噢,这说道还挺多呢。又长知识了。"

"国外和国内毕竟有许多的不一样。"

加拿大虽然是个中立国家,但由于近邻关系,美国给加拿大的待遇和世界其他国家的是不一样的。这一点从加拿大驻美国大使馆的地理位置上就可以清楚地看出来。世界上所有驻美国的大使馆都在市区的边上。只有加拿大大使馆在市区内,而且建筑也高大气派。

接下来的旅程很是惬意。四月末的美国南部春光无限。绿荫、草坪、阳光和各种盛开的花儿簇拥着我们一路向前。车子在开阔的路面上奔驰,我注意到路两边不停闪过的建筑物,细心观察着它们与加拿大建筑物的不同。如果你不是很细心,真的还很难区分开美加的这些建筑。因为他们的建筑风格太相像了。

我们选了距离宇宙针塔最近的一家酒店住下来,这家酒店在西雅图有上百年的历史,从灰色楼体外墙上的那些美丽的浮雕就能看出这家店的文化内涵。酒店里的陈设富丽堂皇,充满着18、19世纪欧洲文艺复兴时期的浪漫。当然价格也不菲。

短暂地休息后,我们开车过了两三条街后,就直奔那塔而去。

宇宙针塔,也叫太空针塔(Space Needle,Seattle),类似于纽约的帝国大厦,是西雅图的地标性建筑。它有离地520英尺高的瞭望台和旋转餐厅,可以360度观看西雅图的全景,还包括雷尼尔山

(Mt. Rainier)、奥林匹克国家公园（Olympic National Park）及普吉湾（Puget Sound）。

太空针塔是为 1962 年在西雅图举行的世界博览会所设计的，历史比较悠久。塔高 184 米，顶层距离地面 158 米。这塔的独特在于不论从哪个角度，只要你在西雅图市区，你都能看到它。所以不用担心找不到路，因为那塔醒目地站在不远处注视着你，等待着你走过去。

我们将车开到塔下，在马路对面找到了停车场。当我们一次次在路旁的收费机上交费失败时，一位穿着随意的流浪汉走过来，示意我们找错了交费机。我们谢过后重新在另一台交费机上操作，结果分分钟搞定了。当我抬头望向那位流浪汉时，只看到他那红色格子上衣的背景……

"早就听说，西雅图居民的素质比较高，今天我是亲历了。"

"所以我有计划打算明年搬家到这里。"

"真的？"

"嗯！我喜欢这里的文化。你仔细看，西雅图的每一幢大楼建筑都是不一样的。我很喜欢。"

"反正你们这些人搬家跟玩似的。就像国内的游牧民族。"我又调侃起来。

"那为什么总要待在一个地方呢？从生老到病死？太没意思了。"索菲娅认真地辩解。

"这个问题太深奥了，我们还是赶紧去买门票吧。"我拉起索菲娅疾步向售票处走去。

登顶门票 26 美元，孩子 13 美元，老人 19 美元。登塔前工作人员会给拍一张照片，事后 P 上背景，很逼真。但我们放弃了。

坐直梯直达塔顶。

赤道南8度寻梦

西雅图的美丽尽收眼底。耸立的楼群，叠翠的山峦，蔚蓝的海面……

突然想起中国古代诗人那些形容登高的佳句："登高而远望……""一览众山小……"

我对这塔的最初认识来源于电视剧《北京遇上西雅图》。相信国人对那部片子的喜爱不亚于我。除去男女主人公的精湛表演外，再就是这个塔了。其实这样类似的塔我在美加边境线上的尼亚加拉大瀑布前登过；在多伦多也登过。但因为它们处于的位置不同，登上后看到的景致也不同。

我知道西雅图居住着不少华人。他们有早年跟随父母移民过来的，也有像《北京遇上西雅图》中那样过来的，也有一些像《好先生》里孙红雷饰演的那位好先生那样生活在西雅图的，更有一批新老留学生移民在这里。

站在环形的高空中，望着脚下美丽的西雅图，眺望远方，心中撞击着电视剧中男女主人公在这塔上相逢的场景。这个北美华盛顿州的异国小城呀，蕴藏了多少中国人的海外生活故事？这里有他们移民后的酸甜苦辣，有他们背井离乡后的孤独寂寞，当然也有他们为人生拼搏的成就和快乐！

美丽的西雅图，真是一个让人情感迷惘，又恋恋不舍的地方。

离开太空针塔时，我在塔下那些商铺里选了一个印有这塔的杯子，作为对西雅图的纪念。

我们把吃帝王蟹这顿大餐放在了晚上。

傍晚的微风中，我和索菲娅穿越几条街区，步行到海边。一路上我总是忍不住地停下脚步拿着手机街拍。西雅图的建筑真的是太美了。那些风格迥异的建筑总是让我想起欧洲，想起巴黎。

帝王蟹餐厅建在海边的一艘大木船上，外形很酷，房子上立一只巨大的红色螃蟹，我想那应该是这家店的 LOGO。

还没进得门，就看到一大堆的人在排队。

"哇，这么多人？什么时候才能吃上？"

"这里永远都是这个样子的。要想吃，你就得耐着性子等啦！"

拿了号，我们信步走上岸边。

正是夕阳西下的时间，血红的落日在海平线上缓缓地落着，余晖染红了西天和整个海平面。残阳如血的美丽让我忘记了时间和地点，我被那落日吸了魂魄似的迈不开脚步。为什么太阳落山时，都要残阳如血呢？是它知道自己一天的路程已经走完，在最后陨落的那一时刻倾出所有的热能吗？哪怕只照亮半边天？以往看落日总有一股文人的伤感。"夕阳无限好，只是近黄昏。"但这次在西雅图偶遇落日，好似那血红的光芒真的注入了我的身体里，并在不停地燃烧，旺旺的，让我获得了某种莫名的力量。也许是人生因为暮年的来临让你倍感时光的珍贵，因时间的流走让你看到生命的本质，你会不自觉地利用太阳落下去的每一分做好你要做和想做的事情。当那光芒落尽时，你的生命也结束了。但你在最后的时刻完成了所有，所以你会坦然地走。

当我把这启悟说给索菲娅时，索菲娅睁大眼睛望着我："你们文人真是可怕，把什么都看透了还叫人怎么活？"

索菲娅的话让我吃了一惊，继而又坦然自若。是的，正是因为看透了人生，所以很多优秀的文人都活得很累很苦。那份苦来源于精神世界，是心里的苦味，没有人能抗拒掉，这就是人生的无奈和残酷吧。

终于叫到了我们的号，谢天谢地。为了这顿美味，我已经等待得饥肠辘辘了。

走进餐厅，发现每一个空间都被艺术品占满了。不论是墙上还是角落里，只要能挂放的空间都充分地利用上了。如果不是知道来干什么，如果没有看到里面的一桌桌食客，你肯定以为自己走错了地方，误以为走进了哪家博物馆。

终于可以坐到属于我们俩的餐桌旁享受美味了，那感觉真是太好了。我和索菲娅点了整整两大盆帝王蟹。系着黑色围裙的蓝眼睛侍者茫然地望着我们，一再确定点的份数。

吃过了正餐前的甜点，喝过了正餐前的开胃酒。终于两大盆热气腾腾的帝王蟹上来了。只见那侍者将手上的餐盆沿着我们面前铺着白色塑料餐布的桌子上洒脱地一倒，那些混杂着海虾和玉米段、土豆条的大蟹腿就展现在我们眼前了。

"好大的腿呀！看这腿那螃蟹得多大的个呀！"

"不然怎么叫帝王蟹呢？"

我围上侍者递过来的餐巾照着索菲娅的样子系在脖子下，又接过侍者递来的小铁锤和垫木板，"叮当叮当"地敲打起来。整个一个吃货相暴露无遗。

整个进餐的过程我和索菲娅再没怎么交谈，不是因为我们有良好的进食教养，是因为我们两人都倒不出嘴巴说话。

西雅图的那顿帝王蟹是我长这么大吃过的最过瘾的一顿海鲜了。

第二天返程前，我们去了西雅图一家很出名的酒吧，每人喝了一杯薄荷味的鸡尾酒，听了那里盛行的爵士乐。然后一路欢歌，我们像年轻时那样随着车厢里的音乐摆动着手臂，忘情地歌唱着……

大地，欢歌！

绿野，樱花簇簇！

写于 2015 年 7 月海边小屋

在德国……

在我的印象里。德国人严谨，工作起来一丝不苟，有着极强的自律能力。同时德国人超级高傲，骨子里透露出的傲慢，可拒人于千里之外。这一点与英国人有一拼。

没有想到，有一天我会手持申根签证，在欧洲的大地上穿行。

申根签证，让我在欧洲大地上行走畅通无阻。申根的那些联邦国家，国与国的界线并不明显，过境时不用签证也不用边检，坐在大巴车上，一路行驶过去。如果你不留意根本察觉不出已经到了另外的一个国家。因为车辆跑的都是车轮底下同一条公路。只是到了国界时，公路上会用一种颜色画一条杠杠标示出来，路边也会立一块牌子，标示这里是国境线。那牌子很像国内公路旁的任何一块交通标识牌。不大，稍不注意就会忽略过去。

那天，我们从卢森堡去德国。不到两个小时，大巴车就进入德国的境内。我看到了公路上用彩笔画出的杠杠，还有站在路旁的国界牌子。我迅速按动快门，拍下那宝贵的瞬间！

在德国，我要去拜见两个人，虽然他们的肉体已经不在人世，但我知道他们的灵魂和思想一定在那里等待。

我们这一代人虽然受的教育是传统的，但并不妨碍我对世界的探寻和对美好事物的追求。德国之行给我留下的记忆是深刻的，对贝多芬和马克思故居的拜访，使我对这两位伟大的人增加了感性的认识，看到了以往无法看到的东西，更重要的是它使你的思维走向另一个更深的层面，甚至会撼动以往你头脑中所形成的思想。

这无疑是行走带来的收获。

拜访贝多芬故居

那天，南国海边小屋里，我正专注地在听贝多芬的《命运》钢琴曲，好友发微信过来，约我下楼去游泳。我拿起毛巾擦干脸上哗啦啦流淌的泪水，换上泳装来到小区的游泳池旁。好友看我红肿的眼，急切地问我：

"怎么了，这是？"

我答："听贝多芬的《命运》让我泪流满面……"

好友不解地笑了："至于吗？"

我答："当然！你不懂。"

……

2010年春天，贝多芬故居里，我坐在他生前用过的钢琴旁听过这首钢琴曲。三年后，在大海边，望着窗外不远处汹涌澎湃的浪涛我又一次听了这首钢琴曲。那"命运"二字的分量，透过一个个音符传递给我，我竟有些不能自已，整个身心都被那强劲的乐曲震撼着，所有生命的过往一股脑地涌入心间，随着钢琴曲的跌宕起伏，我禁不住的泪水顺着脸颊默默流淌……

也许是从小到大不寻常的人生经历，也许是看透太多人世间的悲欢与离合，也许是……我听出了那份只有历经过人生诸多磨砺的人才能体会出的沧桑与悲怆！

我回想着那天坐在贝多芬的琴房里，坐在他心爱的那架钢琴前听这首钢琴曲的场景，想象着贝多芬是怎样在失聪的境遇下用心声创作出这首震慑人心的音乐来，体会着他内心起伏的万丈波涛和撞击胸膛时的澎湃！一如我窗外那片汹涌的外海。我感到胸膛的撕裂与疼痛。但我知道这一切都无法诠释贝多芬创作这首钢琴曲时的心境。他对人生的理解，对命运的呐喊，对生命的呼唤是我们无法体会到的。我不理解为什么上帝把天赋给予一个人的同时，一定会把苦难也一同给予他？就像贝多芬。他自幼年开始跟随父亲学习音乐，从8岁就开始登台演出，显露出超人的音乐才华。但命运之神给他超人的音乐天赋时却也给了他一份残酷的生活。他的母亲在他很小的时候就病逝了，他的父亲整天酗酒，殴打他们兄妹。很早，他就扛起了一家人的生活重担……我想是音乐支撑着他的整个精神世界，他忘我地创作、演出，挣钱养家糊口……

在海岛的这个雨季里，我再次听它，那德国波恩市波恩巷20号简朴的三层小楼，又一次呈现在我的眼前，我回到音乐大师贝多芬的故居——

2010年春，我和女儿从法国巴黎出发去了比利时、荷兰和卢森堡后取道来到德国。我们从科隆出发乘车沿莱茵河畔的高速公路逆流而上，不到半个小时就来到了贝多芬的故乡波恩。这是座具有两千多年历史的文化古城，坐落在德国西部莱茵河中游一段狭长的河谷平原上。清澈碧绿的河水穿城而过，映衬城市两侧的丛山叠岭、林涛起伏。市区内到处是修剪完美的翠绿草坪，很欧式，姹紫嫣红的鲜花和郁郁葱葱的树木几乎覆盖了整个城市。一座座精美的雕塑矗立在那些草地和道路两旁，还有那些静谧的广场上。那些欧式的建筑，造型各异的宫殿、教堂、剧院、博物馆等星罗棋布地述说着这个城市的文明。浓郁的文化气息从这座古城弥漫开来，让人产生诸多的遐想。清

赤道南8度寻梦

新幽雅的城市，没有喧嚣和污染，商业氛围也淡得许多。这就是波恩小城给我的第一印象。

史料上这样记载：1770年12月16日，贝多芬出生在这座城市。贝多芬是一位集古典主义大成的德意志古典音乐作曲家，也是一位钢琴演奏家。

到达贝多芬故居是近午，阳光充足明媚，到处是一片勃勃生机。

故居位于莱茵河畔的一条小巷中，这是一座大屋顶橘黄色的三层小楼，两侧均与其他楼房相互衔接。小花坛中栽种着主人生前喜欢的玫瑰、兰花和百日草等，特别引人注目的是那些从楼顶蔓延下来的白色蔷薇花，盖满了整整一面墙。像一个大瀑布那样从楼顶泼洒下来。据说这是贝多芬生前最钟爱的花。在一楼有个不大的小花园，有两尊贝多芬的雕像矗立在花园中，青青的绿藤缠绕在雕像的周围。园里是绿色的草坪，开着白色的小花儿。那小花园是贝多芬生前读书的地方，百年来，人们依然保持着它原来的样子。花园虽小，看上去却无比温馨。贝多芬去世后，他的故居被改造成了一个纪念博物馆。三层小楼里设有10多个展厅，收藏着他生前的遗物、乐谱、钢琴和一些乐曲、书信手稿等。"那些原始的文献材料展现了贝多芬在波恩和维也纳时期的生活，介绍了贝多芬一生的经历和创作活动。"

一层前厅有贝多芬的画像、雕塑、钢琴和工艺品。后面的三层小楼是贝多芬出生的地方和他的起居室。穿过那面像瀑布一样倾泻下来的白色蔷薇花墙，走进一楼门厅内，你可以看到一尊古铜色的贝多芬半身塑像。据说这尊雕像最能反映出贝多芬的真貌。他微扬头，英俊清秀的面容中透出一份深深的忧郁与庄重。炯炯有神的双目凝视着远方，好像在企盼明天的太阳。望着那雕像，我仿佛看到了生前的他。生活的艰涩，命运的坎坷并没有让他在人生的大海里缴械投降，他在用音乐与命运抗争，最后达到灵魂的不朽与解脱。

　　静静地坐在他的钢琴旁，在德国波恩的午后。明媚的阳光透过敞开的窗子温暖地洒在房间里，洒在他弹奏过的钢琴上。钢琴的盖子是打开的，我分明看到他弹琴的背影和那双不朽的手，看到命运在他脸上掠过的痕迹。我一个人独自坐在他的琴房里，就那样享受着异国午后的阳光。什么都没去想，思维定格在那份旷世的静寂中，只有耳畔滚过的那些音符，那首举世闻名的《命运》交响曲……

　　我知道他的灵魂没死，他在音乐中得以永生！

　　那个午后，阳光像音符般在黑白色的琴键上跳动着……

　　许久以后再度回忆那个午后，我都想不明白为什么那天在贝多芬的琴房里，我是那么平静、那么安详地坐在那里听完那首交响曲，而后来到海岛上复听，却泪流满面？

　　故居的屋子后面，有一片很大的草坪。草坪上有一堆砌的瓦砾，像一座小山。起初，我很好奇，随着几位法国人一起走过去。我看到他们端起相机对准那堆瓦砾，按下快门。我心生猜疑，这里面一定有秘密。当我走过去端起相机，对准那堆瓦砾时，我被惊呆了，镜头里突然出现的竟是一尊贝多芬的头像！非常生动，逼真。"怎么会是这样？"我连声叫道。女儿走过来向我释疑，原来这是一尊著名的雕塑。我真佩服这雕塑的设计者，从外观上看，它就是一堆随意堆砌的旧瓦砾，但当你站到它的正前方，透过那些镂空的孔隙，透过照相机，呈现出的就是一张生动的贝多芬的头像。那凝神的目光，那卷曲的长发，还有那周正的五官。真是个奇迹！我说。这是故居给我的最深刻最意外的惊喜。

　　在那片绿草坪的后面生长着许多高大的松柏树，结了许多果子，也就是我们常说的"松塔"，有的掉落在绿茵茵的草地上。我离开时

赤道南8度寻梦

弯腰拾起两枚，将它们小心翼翼地装入口袋，然后带回了国，放到我的书架上。每每看到，我都会想起德国的波恩，想起贝多芬，想起屋后那片高大的松柏树前面绿草坪上的那堆奇怪的瓦砾，那尊贝多芬的头像。真应该感谢那位伟大的雕塑家为我们留下了这样宝贵的一尊贝多芬头像。它让人总是有无尽的思考，对这个世界的破译，对贝多芬的那些乐曲，还有对他本人永无止境的探索……

贝多芬，是我从童年开始就有的记忆。

踱步于马克思故居

在德国古城特里尔，有一条不起眼的小巷子，沿着摩泽尔河旁边一条僻静的小街走进去，你就可以看到一尊青铜雕塑的马克思侧面头像，在那门口的墙壁上。它远离尘嚣，静静地独处在这偏远的一角。这就是卡尔·马克思的故居，他生活了多年的地方。一幢典型的18世纪德国巴洛克式建筑，一幢普通的民宅。橘红色的三层小楼，朴实得与其他的民居没有什么差别。这是马克思的父亲，一位犹太律师当年的住所。马克思出生在这里。

记得上小学时，第一天走进教室，就看到黑板上方挂着的马克思、恩格斯、列宁、毛泽东的头像。看着那个长着大胡子的外国人，心里充满了好奇。我在荷兰时，曾经去拜访过马克思起草《共产党宣言》时住过的那家旅馆。那旅馆位于一个小广场上，四周都是精美的建筑，那座小旅馆也很独特，在马克思起草宣言的那扇窗口处有一只肥大的鹅雕塑，彩色的，就在那扇打开的窗口旁边。我很好奇，在那小广场上望着那个打开的窗口伫立很久。我会突然看到写作中的马克思手里拿着鹅毛笔走到窗前，将身子探出窗外，看看远方的天空。我还似乎看到马克思伏案疾书的身影……

让我不能理解的是德国人对马克思并没有中国人那么热情高涨。马克思童年生活过的一幢三层小黄楼第一层已经被开为超市，二楼三楼已经作为普通的民宅被出售。好在买主是一位中国人，这多少平抚了我的心情。

"那位中国人真是好幸福！"我在心里自语。

对马克思的崇拜和怀念是永远的，不会因为岁月的跌宕而改变。马克思对人类的贡献是无可厚非的，这是全人类都有的共识。

络绎不绝来拜访的游人中，中国人居多。这是因为中国人比德国人更崇拜马克思，在中国人的意识里马克思已是一种信仰，中国人就像怀着朝圣心情的信徒，万里迢迢来朝拜。一如前来拜访的我。

那个晚上，我们住在离马克思纪念馆不远的酒店里。傍晚，我独自下楼，一人漫步到纪念馆前的那条小街上。那小街很静，我没有看到别的人。我记得那是我在德国印象最深刻的一个夜晚。因为我的思绪在翻滚，万马奔腾……

如果那时小街道上有人走过，他们一定会看到一个小个子的中国女人，紧锁眉头，双手插进裤袋里，目光深沉地在那小街上来来回回地踱步……

那个晚上，我想遍了所有关于马克思的记忆，从童年开始。我似乎在寻找什么，急切地要找到一个答案。杂乱缤纷的思绪里我有些迷失自己。我走到小街的路口，向后面的那条街道眺望。因为我知道在这小楼后面的隔条街上，是马克思青梅竹马的妻子燕妮的家，是她的故居。可惜，燕妮的故居并没有被保留下来。

一切都是那么遥远，一切又都在眼前。关于马克思，关于燕妮，我有太多的故事可讲。我读过太多关于他们的书，甚至那本厚厚的《资本论》。

我们无从了解先人的内心，但我们能够和他一起分享某种伟大的思想，这就足够了。精神的家园和生命等同时，我们是否才能找回我们自己不被迷失的路径？

那个夜晚真的好沉重，那德国小街上的月亮依旧洒在我这个外国人，这个来自遥远东方女作家的身上，我就那样在那小街上踱步到午夜……

在德国，让我记忆深刻的还有那些宫殿一般遍布四处的教堂。那尖尖的直冲云天的教堂屋顶，那挂着岁月尘埃的灰白色教堂墙体，那璀璨夺目的华丽浮雕，那教堂内庄严肃穆的陈列，那悬挂在教堂里超大的管弦竖琴，都让你不得不折服。它代表了一个国家、一个民族的气节与文化。我前面说过，德国是一个严谨的国家，从那些精美的建筑上你就能深深地感觉到。

难忘的美食

我虽然不善于烹饪，却是一个喜欢满世界寻找美食的吃货。在即将离开德国时，我终于如愿以偿地吃了一顿大餐。自那以后，我再也没吃到那么好吃的猪肘子。那大餐令我很是怀念，直到现在想起来还直流口水。那是一个烘焙得流油却不腻人的猪肘子和香肠饭。

那肘子超大，比国内的要重很多。我不知道德国的猪怎么会长这么健壮的肘子，那肉香而不腻，外焦里嫩，一块块诱人的瘦肉腱子，一口咬下去脆香中还略带点儿青草的味道。再配上德国的啤酒，那叫在德国……

一个爽！

在国内，猪肘子是中国老百姓餐桌上的家常菜，"扒肘子"还是各大酒店里的一道名菜。可能是因为做法的不同，德国的这道肘子确实让人过口不忘，甚至让人为它流连忘返，乐不思蜀。

不同的国度，文化不同，饮食也不一样。德国人不像法国人那样浪漫，食物上也来得瓷实。有一种浓郁的乡土感，却又不乏美食文化的伴随。这是德国与法国文化的不同。法国人的浪漫是出了名的，法国的美食也呈现出多层面，恨不得每一道菜都体现出法国人的浪漫情怀来。而德国餐却不同，他们多偏重了实际，上口。没有那些花哨。

在德国的最后一餐足以让我几年之后为那美食重返。德国的啤酒有重口味的，也有清淡型的。喝那啤酒，我却喝出了东方莫斯科——哈尔滨的味道。"这太像我们哈尔滨的啤酒了。"我竟脱口而出。当女儿将这句话翻译给那位年轻的侍者时，那位年轻的德国小伙子憨态可掬地笑了。并向我竖起了大拇指。也许他在夸我的酒量，也许他在夸我对家乡的赞誉。后来我们去老城堡，去看各式各样的教堂，去看那些古代建筑，去拜望那些世界名胜古迹。真好！

怀念德国，不仅仅怀念贝多芬与马克思，还怀念那些与我们东方不同的人文与艺术，建筑与河流；怀念那些诱人的美食，还有大街上跑着的"奔驰"出租车……

写于2015年1月24日海岛小屋

干杯，兰斯！

午后妩媚的阳光中，我和女儿走进加冕圣地——法国香槟区兰斯。

兰斯是法国东北部历史名城，位于巴黎盆地东北部埃纳河畔，距离巴黎市区100多公里，是法国排行第十二的城市。

据说历史上有20多位国王在兰斯圣母教堂加冕，其中包括法国第一位国王克洛维、虔诚的路易一世、路易八世、查理七世、路易十三等。也是在这座城市，德国签署了第二次世界大战的投降书。

圣母大教堂和香槟酒是兰斯两大闻名世界的文化遗产。兰斯素有"王者之城"之称；自11世纪起，法国国王都必须到这个"加冕之都"受冕登基。据说，古代的法国国王不在兰斯举行加冕仪式，便不能被看作真正的国王。由此，兰斯圣母院也就成为兰斯最重要的观光地。

那天我用手中的相机拍下了这个让世人瞻望的历史建筑，可惜没有拍全。

走进圣母大教堂，我被一种神圣包围着，古老的历史禁不住地让人想起那些往事。兰斯在欧洲的历史上不止一次地成为风云之所。从公元5世纪抵抗匈奴王阿提拉开始，直到纳粹德国的入侵，兰斯始终是巴黎的屏障和门户。发生了太多战事的兰斯，注定要成为见证历史的名城。如今的满坡绿野，曾是当年发生一次次惊心动魄战争的地方。拿破仑在兰斯取得了他一生中最后的胜利。法国元帅马尔蒙这样评价道:"兰斯是拿破仑命运最后的微笑。"我想这教堂一定也是拿破仑曾经站过的地方……

在兰斯城边,有一条并不宽阔的河流静静地流过。这条普通的河流有着一个并不普通的名字——马恩河。著名的马恩河会战又名兰斯保卫战,就是在那里打响的。这些过往的历史,这座古老的教堂一定会记得。你看那穹顶上浮雕的人像,他们怎么能忘记那逝去的历史呢?

兰斯圣母院是哥特式教堂的大代表。教堂建筑平面图经过严格计算,达到近乎完美的左右对称。教堂正面有许多华丽的玫瑰窗,玫瑰窗上方的众多雕像也是圣母院的一大特色。

兰斯吸引人的另一大特色就是香槟酒了。此行的一个重要目的,也是想索求到一瓶尚好的香槟酒带回中国。

第一次看到这么大的酒桶,竟让我生出些许恐惧来,不敢走近。女儿在一旁笑我。

兰斯是香槟大区马恩省的中心城市。提起香槟,人们自然会把它和欢庆、喜悦、浪漫连在一起。那"嘭"的开瓶声带来人世间多少欢笑……

香槟区年平均温度在 10℃左右,是法国位置最北的葡萄园区,低温使葡萄成熟较慢,也因此成为制造香槟的最佳材料。香槟区有 2 万多处葡萄农家和 100 多个香槟加工厂,每年生产香槟有 2 亿瓶之多,是香槟区最大的支柱产业。

听说我们去的这家是兰斯最大的香槟酒厂,解说员用流利的英语和法语讲解着这家香槟酒的历史和文化以及传奇的制造工艺,受益匪浅。

还有一个试喝区。需两欧元，折合人民币 20 元左右就可以喝到一杯上好的香槟酒。

很庆幸，一瓶上好的香槟酒让我顺利地带回了北京。

我期待着那"嘭"的一声。

为兰斯——干杯！

写于 2010 年法国巴黎

修改于 2023 年 9 月 蒙特利尔

发表于 2023 年 10 月《华侨新报》

同频《华侨新视野》

我的美国之行

美国与加拿大是近邻。旅居加拿大，势必要去美国走走。

五月下旬的一个清晨，穿过晨曦中静悄悄的街区，驶过耸立于霞光中的奥林匹克斜塔，来到市中心的唐人街上。从这里，我们将坐大巴去美国东部旅行。同行的是汪雨晴，一位从国内高等学府来的女博士，加拿大麦吉尔大学的访问学者。

真好，我们被安排在大巴车的头排。这对有些晕车的我是何等的幸运。且视线极佳，一览无余。

车子驶出城区后，视野开阔起来，大片的绿地展现眼前。北美的土地虽然无边无际，但很奇怪看不到裸露的地面。不论是市区还是郊区，抑或是没有人顾及的荒野，都被绿色覆盖着。鲜花和树木，森林和草坪在眼前无尽头地延伸，享眼。心情超爽。但更吸引我的还是那些隐于树林中的一幢幢精巧别致的独立屋，国内人称其为别墅的房子。它们趋于完美，无可挑剔。似一个个童话世界里的小屋，《蝴蝶梦》中的庄园。我目不转睛地盯着眼前闪过的每一家庭院，那院子里的小花园让我陶醉。要知道北美人，家家都精通园艺，且一家比一家的手艺精湛。

我在心里不停地把美国和加拿大作比较，努力找出这两个北美国家的不同之处。

大巴车稳健地在美加高速公路上奔驰……

停泊在哈得逊河中的航空母舰

四五个小时的行驶，我们穿过了新泽西州、马尔兰州、宾夕法尼亚州，到达了美国的纽约州。

"纽约州位于美国的东北部，英文读 State of New York。是美国经济最发达的一个州。纽约州是美国的神经中枢和经济心脏。金融、商业、工业、艺术、服装等方面在美国各州居于领导地位，它的农业和制造业是该州的主打产业。拥有美国最大的纽约市及纽约港。这里我要交代一下，纽约市也称'帝国州'。面积为128401平方公里，2003年统计的人口数据显示为：19190115。纽约州原为印第安人居住，17世纪前半叶为荷兰殖民地，1664年英国占领后改名为纽约。'纽约'一词来自英国国王弟弟的名字……"导游是位30岁出头的华人小伙子，不停地用法文、英文、中文轮番讲解。

我还知道著名的哥伦比亚大学就在这个州，它的州花是玫瑰，州鸟是蓝鸟，州树是糖枫。座右铭是"永远前进"。当然，这些是我在去美国之前做的功课。

大巴车驶进纽约市后，在离哈得逊河不远的岸边停下来。下车后抬眼望——"Oh, my god!"我惊愕地大喊了一声。

"好大的一艘船呀！"汪雨晴用手挡在额头上望着水中的大家伙诙谐地说。

这就是我们参观的第一站，美国"二战"时期使用过的航空母舰——"无畏号"。

据史料记载，"无畏号"是一艘隶属美国海军的航空母舰。1941年开始建造数日后，日本偷袭了珍珠港，致使美国正式参与第二次世界大战，并加快了建造无畏号航空母舰的速度。1943年"无畏号"下水服役，开始参与太平洋战争。1974年退役，并一度预备出售拆解。但在民间组织的努力下，1981年海军将"无畏号"捐赠给纽约博物馆，作镇馆舰。1982年"无畏号"海空暨太空博物馆于哈得逊河河畔正式开放，自此成为纽约曼哈顿的重要地标及旅游点。1986年，"无畏号"获评美国国家历史地标。从此界定了它在美国历史上的地位和哈得逊河的地标价值。

好大的家伙，大得有些让人畏惧。站在岸边，本想以它为背景拍张照片留念的我，只觉得脊背上凉飕飕的。也许是我从小就有恐大症的原因。

"够劲！"我给自己打气。

不知道美国人把这庞然大物停泊在这里的意义何在，是显示美国军事的强大？还是让世界人民记住战争的残酷，从而崇尚和平？不得而知。

那是午后。阳光暖暖地洒在河面和那艘大船上。我们沐浴阳光踏上甲板。

"这哪儿是一艘船的甲板呀，简直就是北大荒一眼望不到头的麦田！"

"你总是忘不了北大荒。"汪雨晴笑我。

几十架战斗机并排停在甲板的两边，但那甲板空余的部分依然是那么的空旷。

一股战争的味道席卷而来。尸横遍野，战火硝烟……我想起战死沙场的两位舅舅，他们是那样的年轻。

"战争，永远No!"我愤恨地说。

汪雨晴："和平万岁！"我们两位华裔女人在美国的航空母舰上

赤道南8度寻梦

不由自主地都有点激动。

我们回到岸上时看到有人划着小皮艇到大船的身下，那比例的悬殊自然使人联想到大象和蚂蚁。

河水被午后的阳光照得波光粼粼，远处的蓝天下有一抹彩虹映衬在水面上。一群白色的海鸟鸣叫着飞过头顶，落在岸边游人的脚下觅食。游人们端着照相机不停地按动快门……

转身间，我看到路对面的楼顶上迎风飘扬着一面五星红旗。

"国旗！"我和汪雨晴异口同声。

在异国他乡看到国旗的心情只有亲临其境的人才能感受得到。那份亲切和来自祖国的温暖是超乎想象的。那是一幢不高，墙体呈灰色的楼宇。在大门的左手旁钉着一块铜牌，上面用英文写着"中国领事馆"的字样。我们看到大厅里有排队签证的人群。

像看到家人一样，我和汪雨晴在大门前的马路上，就那样望着它站了许久。

曼哈顿与时代广场

在新泽西已经隐约看见对岸的曼哈顿。那些耸立在天幕下的摩天大楼尖顶，已经透视出它的繁华与现代。

曼哈顿是介于哈得逊河和东河之间的一个岛屿，有169万人口。是美国纽约市5个行政区中人口最稠密的一个，也是最小的一个行政区。曼哈顿主要由一个岛组成，并被东河、哈得逊河以及哈莱姆河包围。曼哈顿被形容为整个美国的经济和文化中心，是纽约市中央商务区所在地，也是世界上摩天大楼最集中的地区，汇集了世界500强中绝大部分公司的总部，同时也是联合国总部的所在地。曼哈顿的华尔街是世界上最重要的金融中心，有纽约证券交易所和纳斯达克，曼哈顿的房地产市场自然是全世界最昂贵的。

资料显示，2005年有超过100000美元的人均GDP。这是一个让全世界人民都向往的数据。突然想起多年前读过的一本书——《曼哈顿的中国女人》，是北大荒女知青周励写的。她在黑龙江兵团插队之后，又远渡重洋来到美国，进行她人生的第二次探索——洋插队。顽强的中国知青如今在海外已经不是少数，他们大多努力打拼出了属于自己的半壁江山。我常感叹："中国人到哪里都是好样的！"

"曼哈顿是纽约的市中心，异常的繁华热闹。纽约最重要的商业、金融、保险机构均分布在这里。曼哈顿分为三个城区：上城区、中城区和下城区。世界金融中心华尔街在曼哈顿的下城区，而纽约的大企业、商业中心都在曼哈顿的中城区。时代广场是中城区的一个商业集聚地，具有象征和标志意义。整个曼哈顿耸立着超过5500栋高楼，其中35栋超过了200米。每到夜晚，曼哈顿中城区数千栋摩天大楼霓虹闪烁，灯火彻夜通明，形成一片璀璨的灯海，很是壮观。曼哈顿中城区被誉为'世界上最好的地方'。"年轻的导游用流利的法语、英语介绍完后，终于用汉语说道。我很佩服导游者，特别是这些涉外的华人导游，他们每个人都熟练地掌握着三到四种语言。不论在什么情况下，只要你问及，他们都会立即将你要的答案流利地用你能听得懂的语言源源不断地讲出来，直到你满意为止。而且讲得富于感情，绘声绘色，就像他们亲历过一样。

曼哈顿有150万人口，占纽约总面积的7%。走在曼哈顿的街头，从那些来自世界各国游人的脸上，你能看出曼哈顿在世人心目中的位置和分量。它是那么具有魔力，吸引着全世界的精英到这里来创业、奋斗。它是梦起飞的地方,也是梦想实现的地方。它就像一个魔方,变换着不同的角度,不变的却是那支配世界的金融魔杖。这就是曼哈顿。站在曼哈顿繁华的街头,望着那些如森林般的,耸立于云端的摩天楼,我不禁发出这样的感慨:这里是一部财富梦想的开发史,也是一部财富奋斗的血泪史。

时报广场在曼哈顿的中城区,英文叫Times Square。翻译过来就是"时代广场",又称"世界的十字路口"。是美国纽约市曼哈顿的一块重要街区,中心位于西42街与百老汇大道交会处。

时代广场原名朗埃克广场,后因《纽约时报》早期在此设立的总部大楼,因而更名为时代广场。时代广场附近聚集了近40家商场和剧院,是繁盛的娱乐及购物中心。百老汇的剧院门前挂着大量耀眼的霓虹灯管广告以及超大的电视屏幕宣传板,早已成为纽约的一个标志。走进时代广场,你的第一个感觉就是眼睛不够用。因为这里的一切都太抓人眼球了。

光怪陆离,霓虹绚烂,各式各样的街头艺人,还有那超大的电视屏幕里播映出的游人们……我们竟然在那大屏幕上看到了自己!真让人有些不知所措。

无论白天和黑夜,你都可以被那些巨幅的电子广告牌吸引,随着平均每天约七万人次的高密度人流,摩肩接踵来到这块三角地带,感受那疯狂膨胀到无限的缤纷世界,竟有一种飘然。广场上,涌动的是不同肤色、不同国家、不同民族的人流;展示的是一个没有舞台的舞台,没有导演但比导演出的还要绚丽的世界时装模特秀。百老汇更使这广场增添了一份热闹。

喧嚣、华美、沸腾、现代……一股脑地砸来,力度之大、之强让我瞬间还真有些反应不过来。

据说，时代广场是纽约市内唯一在规划法令内、要求业主必须悬挂亮眼宣传板的地区。包括美国广播公司ABC等在内的世界多家新闻媒体都在时代广场设有演播室和新闻中心。所以很多国外媒体在说关于美国的新闻时，总喜欢把镜头切到时代广场演播室，以繁华的景色为背景。

在那些五彩缤纷的广告板中，我们居然看到了中国屏！刹那间，我们四目相对，脸上呈现出的是一份惊喜和自豪。

"中国屏——"

"终于——"

"跻身于世界500强之列。你以为呢。"我调侃地笑着说。

这块高约19米，宽约12米的中国屏在韩国三星电子公司、美国可口可乐公司和韩国现代集团广告屏的正上方。屏幕顶端的"新华通讯社"五个大字格外醒目。

终于在这代表着世界的时代广场上听到我们中国自己的声音了。心中有一份说不出的感慨和慰藉。

让时代广场国际驰名的是除夕夜的新年倒计时。百年来，每到辞旧迎新之时，都有超过50万来自全美乃至世界各地的人会集于此，共度不眠之夜。

在2004年4月7日时代广场百年华诞的庆典开幕式上，纽约亿万富翁市长布隆伯格曾自豪地说："当你同国内或世界上任何人谈起什么是纽约的时候，你可以说百老汇和时代广场就是纽约。"事实上人们早已流传这样的说法：不到纽约算不上到过美国，不到时代广场算不上到过纽约。

时代广场联盟公布的一项报告显示，位于纽约市中心的时代广场创造的国内生产总值（GDP）与美国匹兹堡、奥斯汀、波兰特这些

赤道南8度寻梦

中等城市不相上下。即使是在金融危机的阴影下，2011 年仍创高达 1100 亿美元。占地面积虽然只有纽约市区的 0.1% 的时代广场，却汇集了纽约市 11% 的经济活动，10% 的纽约市民在这里工作。

其实，在没有进入时代广场之前，我和汪雨晴都对美国有些失望。"不过如此"。但走进时代广场后，我们沉静的情绪就渐次沸腾起来："这才是美国嘛！"时代广场，真是一块财富与艺术牵手的疯狂三角地。

漫步华尔街

华尔街是纽约市曼哈顿区南部的一条大街，是英文"墙街"的音译。华尔街最早是荷兰人的殖民地，为防止印第安人进攻，在那里修了一堵木墙，后来美国人来到这里，拆了围墙，建起金融街。

华尔街的街道狭窄而短距。全长不过一英里，宽仅 11 米。是从百老汇到东河的 7 个街段。但这条街却是美国主要金融机构的所在地，是美国的金融中心。

我们到达华尔街是正午。早上刚下过雨，所以街道坑洼的路面上还残存着少许的雨水。街口被设了许多路障，原因是"在维修中"。但这并不妨碍雨后明媚的阳光穿过街两侧的楼宇洒满这条具有传奇色彩的华尔街上。

我对金融是外行，甚至可以说一窍不通。但纽约的华尔街却如雷贯耳。

抬头看到著名的三位一体教堂（Trinity Church）。早在华尔街还是一堵破烂不堪的城墙时，它就已经是这里的标志性建筑了。如今那位穿着黑大氅的人还在，只不过那已是门前的一尊雕像了。三位一体教堂的正前方就是纽约证券交易所（NYSE）。我和汪雨晴情不自禁地走到纽约证券交易所大楼前。抬头仰视，那大楼上舞动着一面美国国旗，楼体的建筑也是典型的美式风格，端庄大气中透着一份内敛与沉稳，从表面根本看不出这里曾经是主宰世界金融风起云涌的地方。

只有历史记忆这条老街曾经的辉煌。

狭窄的街道两侧都是高耸的写字楼，深灰色的楼体让人一眼望去产生一种神秘肃穆感。我们沿着行人路在这些大楼的脚下缓慢地走着，边走边看那墙体上烫金的标志，看那镶嵌金边考究的大转门里偶尔出入的人。突然前方有人对着一个门牌号高声叫喊，然后迅速举起相机拍照。我看不懂英文，只好跟着汪雨晴看一个问一个，问一个拍一张。那些刻在铜牌上的英文字母对我来说实在是有点难度，但有汪这位高级翻译在身边，就不再是睁眼瞎了。

"哇，原来在这里！"听到这样的喊声时，肯定是汪雨晴又找到了一个令她瞩目的机构。

我们在这条街上还找到了美国洛克菲勒、摩根、杜邦等大财团开设的银行、保险、铁路、航运机构。华尔街真不愧是纽约金融和投资高度集中的象征，这条窄小的街道，上百年来掌控世界金融的走向，承载着世界金融辉煌的历史。站在华尔街街头，望着街道末端那尖屋顶教堂上的一抹金灿灿的斜阳，我浮想联翩……

"在这条街道上所罗门兄弟曾经提着篮子向证券经济人推销债券，摩根曾经召开拯救美国金融危机的秘密会议，年轻的文伯格曾经战战兢兢地敲响高盛公司的大门（日后他成为高盛历史上的传奇总裁），米尔肯曾经向整个世界散发他的垃圾债券……"

随导游一行人向街尾走去。导游要带我们去看铜牛。

赤道南8度寻梦

一块方形的大金属摆在路面上，那形状特别像大金砖。我把它用手机拍下来，发在朋友圈里。有人问："那是大金块吗？"我也不得而知。但华尔街上的铜牛却是真的。

一头金属雕塑的铜牛在午后的阳光下栩栩如生。它奋进的姿势很有动感，体现着一种搏击的力量。已经有一些游客围在那铜牛的四周了，还有几位小朋友兴高采烈地跷着脚伸手摸那铜牛角。导游介绍说："这尊铜牛雕像一直是华尔街的象征，也是外来游客必到的景点。它的设计师是意大利艺术家狄摩迪卡。铜牛身长近5米，重达6300公斤，前来观光的游客都愿与铜牛合影留念，并用抚摸铜牛的牛角来祈求好运。"导游说完走过去用手摸了摸铜牛角，像在做示范。

我注意到，阳光已经移到铜牛的脊背上，照得那牛很英武。如今的华尔街没有了往日的繁华，只有这尊铜牛依然如昨。似乎在向游人们讲述这条传奇老街的金融故事……

自从纽约的金融机构陆续搬离华尔街后，这条街也渐渐成了游人观光的地方。来自世界各地的人们怀揣一份对华尔街的敬畏到此一游，希望看看"全世界的金融中心"是什么样子。只可惜现在我们看到的是一个荒废的商业区。但无论怎样，人们还是从世界各地赶到这里。

早在二十年前，纽约的金融机构就已经离开地理意义上的华尔街，搬迁到交通方便、视野开阔的曼哈顿中城区去了。"9·11"事件更是从根本上改变了华尔街周围的格局。有些机构离开了纽约，搬到了清静安全的新泽西。现在，除了纽约联邦储备银行之外，没有任何一家银行或基金把总部设在华尔街。即使是高盛和美林，也已经在曼哈顿中城区购置了新的豪华办公室，不久也要彻底离开华尔街了。

但是，人们依然迷恋华尔街。在洛克菲勒中心的办公室里，人们阅读的仍然是《华尔街日报》；在国会听证会上，美联储主席仍然关心着华尔街的态度；在大洋的另一侧，企业家们的最高梦想仍然是"在华尔街融资"。无论地理位置相隔多远，人们在精神上仍然属于这一条传奇的街。

一条街道的价值不在于宽窄和长短，就像一个人的能力大小不在于个子的高矮一样。

走到华尔街的尽头，回首望去，我自语。

矗立海水中的自由女神

坦率地讲，在海上见到那尊受世界瞩目的自由女神雕像时，我并没有像在电影屏幕上看到它时那样震撼。

这尊位于美国纽约市自由岛上的自由女神像（Statue Of Liberty）的全名叫"自由女神铜像国家纪念碑"，另一名称是"照耀世界的自由女神"，当地华人简称它为"自由女神"。这尊雕像是1876年法国为纪念美国独立战争期间的美法联盟赠送给美国的礼物，1886年10月28日，铜像在哈得逊河口附近的自由岛上落成。

耸立在小岛上的自由女神，身穿古希腊拖地长衫，右手高举象征自由的一枚火炬，左手紧握《独立宣言》，头上戴着一顶放射七道光芒的冠冕，那七个射向远方的尖芒象征着人类生存的七大洲。脚上残留的被挣断了的锁链，象征暴政统治已被推翻。自由女神从它站立于纽约海湾自由岛上的那天起，就成了美国的象征。1984年，"自由女神"被列入世界遗产名录，故此，"自由女神"不仅属于美国，而成为全世界人民心目中摆脱贫困和压迫的精神乐园。

赤道南8度寻梦

资料显示，从大洋彼岸来的船只，都要先进入纽约湾，然后向前通过纳罗斯海峡才能到达美国本土。这条狭长水道以东是长岛；以西是斯塔滕岛，由水道向前就是宽广的纽约湾。海湾西面为新泽西州，北为曼哈顿岛及哈得逊河口，自由岛就坐落在曼哈顿岛西南不远处。

19世纪末，洲际旅行尚无空中航线，越过大洋的运输工具只有轮船。而纽约港是美国沿海最大的港口，进出美国的船只都要经过这个港口。自由女神像恰在航线的附近，进出港口的人们都可以望见。当海轮驶入纽约湾内时，船上的游人尚未望见纽约的摩天大楼，首先映入眼帘的却是这座巨大的自由女神雕像。它手握火炬向空中高高举起，目视前方，姿态端庄优雅。永远地向着光明和正义前进，这是自由女神传递给人们的博大精深的寓意。夜晚，自由女神手中的火炬会亮起，照亮整个海面。加之从小岛地面射向巨像的神秘光柱，使自由女神雕像更为清晰、壮观。数百年来，自由女神早已成为人们进出纽约港的一大期待。为它而来，为它而去。无数声再见和道别中蕴含着不同国度，不同民族，不同肤色人们心里的顶礼膜拜。自由女神，从某种意义上讲，它已经成为地球人的一种信仰，是地球人心中的另一种精神图腾。

所以就有影片里在海上漂泊了数月的船只驶进纽约港时船上人忘情地高呼呐喊的场面；所以就有那些偷渡的人们在太平洋里九死一生之后，当渡船终于驶进纽约港，看到自由女神雕像时的泪流满面，抱头痛哭……

自由女神是法国雕刻家巴托尔迪的传世之作。雕像落成的那天，美国总统克利夫兰主持了揭幕仪式。1924年，自由女神像被宣布为美国国家纪念地。

导游介绍说，巴托尔迪雕塑这尊自由女神像的创意是来源1865

年法国人为庆祝法美两国的合作纪念日，决定由法国人赠送美国一座纪念物，以庆祝美国获得独立。身为委员会成员的巴托尔迪在美国开会期间产生了创作灵感，当即得到了大会的支持。他先以女朋友的相貌和身材为蓝本，创作出自由女神模型，但又感到那张脸太过年轻貌美，随即换上了母亲的脸。整个雕塑完成后大获成功，受世人瞩目至今。

我与汪雨晴伫立船头，一任海风吹乱发丝，目不转睛地望向那女神。女神双唇紧闭，高擎长达12米的火炬，目光是那样的坚定，所向披靡。对任何一尊成功的雕塑艺术品，我都不愿深究其成因，那样会破坏我对雕塑本身的想象力。艺术于人最大的收益是艺术本身传递给观众的无穷无尽的想象和无边无际的遐思，这才是艺术的精灵所在。就如同眼前的自由女神。它传递给人们的绝对是超出雕塑本身的价值和寓意，所以才吸引着成千上万的人前来。

游船在纽约海湾里缓慢地行驶了很久。海风任性地吹着。甲板上人们争先恐后地对着自由女神按动快门。我想，人们渴望留下的不仅仅是一张照片，更是照片里不朽的思想。

耳畔响起镌刻在自由女神基座上，美国女诗人埃玛·娜莎罗其的一首诗：

《送给我》

你那些疲乏的和贫困的挤在一起渴望自由呼吸的大众

你那熙熙攘攘的岸上被遗弃的可怜的人群

你那无家可归饱经风波的人们

一齐送给我

我站在金门口

高举自由的灯火

世贸大厦——方口水堤

纽约的最后一站是去参观世贸大厦。

我对美国世贸大厦的最初印象就是那两座耸入云端的双塔。据说它们曾是世界上最高的建筑；是世界上最大的商业建筑群；是美国金融贸易最重要的场所。总之一句话，是纽约市的标志性建筑。因为不懂金融，所以对它并没有太多的关注和记忆。直到震惊世界的"9·11"事件发生，我才对它有了更多地了解。

爱、温存、喜悦、宁静、美丽、希望和独立自主是美籍日裔建筑师雅马萨奇一向遵循的建筑理念。只可惜在他去世15年后，一声巨响，他的杰作与他的建筑理念一同被恐怖分子摧毁得荡然无存。好在他是带着对作品的成功和对友善与和平的创作走的。不然，他将怎样的悲哀？无法也不敢去想。

没有想到和平在和平的年代也是如此的艰难。由此更让人深思世界和平的重要和呼吁与书写和平的责任。也终于明白了诺贝尔奖项中为什么设立了一个独特的奖项——和平奖。和平于人于国都是天下头等的大事情。

重建后的世贸大厦自由塔的塔尖隐于薄纱般的白云间，若隐若现。纽约耸立的摩天楼组成一片楼的森林。抬头望去，你常常看到的是白云，而不是楼的顶端。这样也好，可以信马由缰地铺染，可以想入非非……

我和汪没有去登塔观看纽约的市景，而是绕到世贸中心旁边的方形水堤前。这里是世贸的旧址，是纪念死于"9·11"恐怖事件中2000多名不幸者的地方。

还没有走近，就听到小提琴声，曲调忧郁凄婉。一定是某位艺术家在思念他的亡人。或许是年轻貌美的女朋友；或许是贤淑温柔的妻子；或许是亲如兄弟的朋友；或许是……

拾级而上，我们来到一个很大的方形地坑前。地坑的四周是黑色大理石砌成的堤沿，堤沿有一尺多宽，绕地坑围了一圈。上面刻着死难者的名字，密密麻麻的。顺着堤沿的四周，往下流成一圈很急的水帘，那水真的很急，水柱般窃窃私语涌入坑底部的中心区，然后从中心区的一个池子里喷射出来，形成一个立体水莲花，然后再落降下去，循环往复。从水帘到水柱再到水花儿，我想那是对逝者的慰藉和怀念。

水形成的雾气有些凉森森的，再加上那凄婉的小提琴声，让人的心情很是压抑。我和汪望着那急泻坑底的水帘默默地站着，没有多余的语言，我相信汪的心里也如同我一样沉重和悼念。

逝者已逝，活着的人们将如何？这是一道哲学命题。面对亡灵，我们总有太多的思索。而面对生活，我们却常常是失控者。比如战争，比如恐怖，比如……我们常常都无法把握。能够的，只有不断地呼吁和平，不断地与恐怖分子作斗争。而斗争总是血腥的，总是要死人的。

看来，人类的进化还是一个急不得的漫长岁月。当地球人不再相互杀戮和侵略时，离外星人的到来也许就不远了。

2006年9月6日。世贸中心参观者悼念中心的揭幕仪式举行。在永久性世贸中心纪念馆竣工之前，这里将作为世贸中心临时的悼念场所。相片、书信、花束还有街头艺术家们演奏的悲伤歌曲……

但愿这些能抚慰那些无辜死去的灵魂……

宁静的费城

说起费城，我总忘不了洒在大西洋城教堂尖顶上的那抹夕阳。

从曼哈顿出发，2个小时的车程后，傍晚时分，我们到达了美国的东海岸——费城。与时时让你亢奋的纽约相比，费城宁静安详。全然没有"美国第二大赌城"的喧嚣。

费城（Philadelphia）位于美国东海岸的宾夕法尼亚州，全称"费拉德尔菲亚"。位于该州东南部，是美国第5大城市，仅次于纽约、洛杉矶、芝加哥和休斯敦。费城是宾州最大的城市，与新泽西州仅一河之隔。约156万人口。

安顿好房间，我和汪雨晴按导游说的路线，下楼去费城著名的海边酒吧街。

"哇，好美！"我们几乎不约而同地发出感叹。

一抹夕阳洒在对面教堂的尖顶上。层次分明，有明有暗，仿佛艺术家在我们眼前抖开了一幅巨大的油画。我们驻足望了很长时间，一切都停止了，大脑一片空白。四周很静，静得能听到我们思绪快速奔跑的声音。然后我们举起相机……

仿佛置身在一个不切实际的乐园里。两位中国知性女士就那样久久地被一种西方的美感动着，震撼着……

街道干净且温暖。没有什么行人，只有马路两旁不停迎面而来的教堂和那些考究的北美古建筑在伴随我们前行。偶尔会碰到一两个路人，但都是典型的东欧人。美国这里东欧人特别多，就像华盛顿，

60%的人都是黑人。

我们兴奋地走在夕阳下……

不多时，迎面碰上团队里的两位意大利女孩。她们说饿了，想先回去吃饭。因为走了这么远，还是没有看到导游说的东海岸酒吧街。这时我们才意识到一个问题，导游说酒吧街离我们很近，下楼一拐就到了。可是我们已经走了很久，至少拐过六七条街了。

"怎么还不到？"汪雨晴有些疑惑。

"直接往前走，很快就到了。"我说。因为我不想让汪雨晴也像那两个意大利女孩子一样折回去。我太想看看美国的东海岸了，而且我们在这里的时间只有这一个晚上。

"一定是我们走错了方向。"汪雨晴停下来说。

"不会吧？前面就是了。快走吧。"我说。

还是汪雨晴说的对，我们确实是走错了方向。当我们站在马路旁边，等待行人问路的时候，一辆公交大巴在我们面前停了下来。它一定误以为我们是要乘坐公交车的人。汪雨晴用流利的英语向那司机问路，司机微笑着告诉我们走错了方向，应该在第二条街口右拐。我们已经多走了四五条街。

当我们终于来到海边酒吧街时，夕阳正浓。

夕阳中的海边酒吧大道沐浴在橘红色的晚霞中。脚下是木板铺就的行人路，宽宽的，走在上面很踏实、很惬意。沿着木板路我们一直向前走，海风吹在脸上，极爽。我们一边看那些异国美丽的海滩建筑，一边阅览路边的商铺、小摊。寻找自己喜爱的小玩意儿，特别是那些香味浓郁的烤海鲜大餐。

天暗下来之前，我们从一个档口走下木板路，踏进海边的沙滩中，然后直奔大海。

赤道南8度寻梦

"Oh，my god!"我尖叫起来。

一片浩瀚的大海一览无余地呈现在眼前。它是那么美，美得让我窒息！

终于看到美国的东海岸了！那清得发绿的海水，让我想起古巴的海。

海风将那望不到边际的海水一浪一浪推过来，海浪拍打着沙滩。成群结队的白海鸥在广阔的海岸线上飞来飞去……

我久久伫立，不愿离去。要不是汪雨晴督促，我不知道会站到何时。对大海，我总有一种情结，一种深得连我自己都无法诠释的情怀。

夜幕渐渐笼罩下来，但海边酒吧街依然热闹非凡。都是一些来自世界各地的游人。这个夜晚对他们来说将是通宵的狂欢。

恋恋不舍地离开海边。

夜幕下的小城静悄悄的。

走在宽敞安静的大街上，吹着夜晚的海风，看着孩子们在戏水池中玩耍，那份源于生活本真的踏实感悠然心间。

第二天，我们参观了"独立厅"，还有那口静默在独立公园中的大钟。才知道，其实费城曾经并不宁静。

费城是美国最具历史意义的一座城市，它曾是美国的首都，也是美国独立革命的诞生地。两次大陆会议在此召开，并通过了《独立宣言》。1787年又在这里举行了制宪会议，诞生了美国第一部联邦宪法。

我们的面前是一长幢占据街角拐弯而行的楼群，其中间的一幢别致钟楼高出两边。上面迎风飘动着一面美国国旗。钟楼上镶嵌着一座报时大钟。楼房的外面有持枪的警卫，里面有讲解的工作人员。这栋再美国式不过的楼房外表看上去朴实无华，但它却见证了美国的历史，是美国独立战争开始的地方。这就是美国著名的"独立厅"。

1776年的7月4日，美国13个州的代表在这里通过了《独立宣言》，敲响了激动人心的自由钟。后来，这里成为美国独立战争的指挥中心；再后来，7月4日就被定为美国的国庆日。费城这座城市也作为美利坚合众国的摇篮载入人类历史的史册。

站在这幢200多年前的大厅里，想象着当年沸腾的场面，怎么也无法还原到历史。会议大厅是那么的普通，可它却记载了一段难忘的岁月，一段让人荡气回肠的历史，一段推动美国社会进步的根据地。我想，这正是美国人心中那座神圣的丰碑，那座以历史和独立与自由相关联的丰碑。是他们引以为豪的记忆，也是他们留给世人最好的礼赞。这应该是费城人的骄傲。

在独立厅的对面有一个一平方英里的小公园，被叫作"独立公园"。在独立公园里有一座用玻璃建造的房子，房子里静卧着一口超大的铜钟。这就是《独立宣言》问世的那天敲响的大钟。参观的人排出很长的队伍，我和汪绕到房子的侧面，隔着玻璃窗与那口老铜钟对视。耳畔响起当年铜钟铿锵有力的回声"当——当——当"。

站在巨大的铜钟前，我们肃然起敬。即使是隔着一层玻璃，它所表达的历史沉淀也没有半点儿磨损。铜钟被美国人誉为"自由钟"。

富兰克林庭院是独立公园的一部分。这位发明避雷针的科学家也是政治家，美利坚合众国的开国元勋。在美国独立自由的进程中，他曾立下不朽功勋。他还是一位出色的外交家，曾远赴欧洲，争取法国的军事援助，与英国谈判签约，结束了独立战争。

独立公园被称为美国最具历史意义的一平方英里，又被称为美国历史的开篇之地。

费城的工商业也很发达，是美国东海岸主要炼油中心和钢铁、造船基地。它有 58 家银行，是美国第三联邦储备区银行总部的所在地。你不会想到其实费城还是美国的印钞之地。早在很多年前，美国就在这里建起了造币厂。

那天，我们的大巴车从造币厂前驶过。导游幽默地说："哪位手里的钱不够用了，可以下车去厂里取点儿。"

如果可以，我还真的想去看看那钞票到底是怎么印刷出来的。那工艺一定很复杂。不就是在一些纸上印上花花绿绿的图吗？然后就可以拿着它去换取自己想要的东西，甚至是一切。真是不可思议，刚刚的一堆空白纸，转眼间被印上了图案，就成了天下财富。人们为它穷其一生，拼搏奋斗。可它却全然不顾世人的感受，千百年来以一张薄纸赢得天下人心。我常对这个问题耿耿于怀，对那一纸之币，总有些悟不透的疑惑。

费城给我们留下的记忆是难忘的，不只是因为那独立厅和那口老铜钟，还有夕阳西下时，洒在教堂尖顶上的那抹阳光……

白宫与国会山

许多年，我都误把国会山认为是白宫。相信国内的很多人也和我一样。原因很简单，每天晚上的《新闻联播》上，只要是有关美国的新闻，比如白宫发言人如何如何……屏幕上闪现的就是那个圆顶白色的国会山。那建筑确实漂亮。到了华盛顿，参观了白宫后才知道，那个白色有着圆顶的建筑是美国的国会山，是众议院开会的地方。而白宫是一幢普通的平顶楼，但颜色倒是一样的白。

白宫（White House）位于华盛顿市宾夕法尼亚大街 1600 号。是美国总统的官邸和办公室，与高耸的华盛顿纪念碑相望。

白宫是由爱尔兰移民建筑师赫本设计的。共有底层、一楼和二楼3层。它带有浓厚的英国建筑风格，又在随后的主人更替中一层层融入了美国建筑的元素。朴素、典雅，构成白宫建筑风格的基调。二楼的多数房间为总统的住宅。总统的办公室连接玫瑰园的密室，景色优美。20美元纸币的背面图案就是白宫。

由于白宫支出的费用是由全体纳税人负担的，所以白宫的一部分在规定时间内向全世界公民开放。因此白宫也成了游人们观光的热点，每年游客多达50万人以上。只是想进去看看的人次已经排到了两年以后。

白宫主楼的底楼有一间"中国厅"。中国人最早进入白宫的应该是宋美龄。1943年宋美龄访问白宫时，曾是富兰克林·罗斯福总统的座上宾，住于宫中11天。

我对白宫里的总统办公桌很感兴趣。因为这张总统办公桌是1880年维多利亚女王赠给拉瑟福德·B.海德的，所用木材取自女王陛下的"坚毅"号轮船，以承认美国营救北极水域内失踪的"坚毅"号船所做的成功努力。美国历届总统都在使用这张办公桌。这张办公桌曾被展出过，桌面上有里根总统保存的一件饰物，上面写着这样一句话："如果一个人不在乎谁来获得荣誉，那么他能做的事和能去的地方将永无止境。"这至少说明美国人把荣誉看得至高无上。

我们站的位置正对着白宫南大门，吸引我的是那大门外半圆形排列的柱廊和那块椭圆形大草坪。至于白宫内的厅堂，红厅、蓝厅和那些金器室、瓷器室、陈列室以及外交接待室等，我想各个国家都差不多，只不过风格各异罢了。值得一说的是白宫内的图书室，它主要收藏的是美国的历史书籍和名人传记。不用说，这些书都是珍品。

赤道南8度寻梦

距离白宫不远处，是那个一直被误认为白宫的国会山。

我们去时，国会山在维修中，但这并不妨碍我对它的想象。站在国会山门前被明媚的阳光照得暖洋洋的巨大草坪上，望着国会山背后的蓝天白云，我突然想起1943年2月，作为民国总统特使的宋美龄为了得到美国的支持，在这圆顶美丽的国会山里的那次演讲。当年，她的那场演讲几乎征服了整个美国，为国民政府赢得了大量的美式武器支援。但最终，蒋介石还是没有赢得那场战争。

历史就是这样的不可思议，充满了戏剧性。但宋美龄却成了历史上第一位在美国国会山演讲的中国人。建筑物也是有记忆的，这高高的国会山会记得很多年前来这里讲话的那位中国夫人，只不过它并不希望夫人是因为战争和杀戮而来。

不论白宫也好，国会山也罢，哪一个不是每天都面临着在它们身体里走动的人类那些不可告人的秘密和风云呢？我相信它们一定希望世界温暖起来，不再有争斗和硝烟。和平的世界就像它们身体上的颜色一样纯净无邪。

那天的阳光真是大好，体现着五月的诚意。我们跟随导游来到白宫侧面美国商业部门前。这里有一块很大的草坪广场，广场上有行人坐的木椅，还有一些围起来的木栅栏。与庄严的白宫和商业部大楼极不和谐。你绝对想象不到，这是美国白宫提供给美国人民抗议游行的地方。

这广场绝对让来自中国的我们震惊，国与国之间太不一样了！

我们在美国商业部门前看到了一排中国商人的小摊床。小摊床是架在小推车上的。推车上搭了棚子，棚子四周挂满了中国的小商品……

"真行，居然把小摊摆到美国的白宫来了！"我说不清自己说这话时是褒还是贬。

后来我们去参观了林肯纪念馆。从林肯纪念馆往下走是一条清澈见底的河流——波托马克河。它的两岸是宽敞的绿荫路和大片的草坪。它的尽头一端耸立着华盛顿纪念碑，再往前就是白宫。一条中轴线串起来，很是壮观。

天蓝得清澈透明，大朵的白云不切实际地在空中飘浮着。白宫和国会山就在这五月灿烂的阳光中留在了我的脑海里……

可爱的古巴老绅士与帅哥司机

我们这个旅行团里的成员来自世界各地。除去多数的加拿大人外，还有法国人、瑞士人、意大利人和德国人。最让我们记忆深刻的是那位来自古巴的老绅士。他的女儿移民在加拿大，他与妻子是来加拿大看望女儿的。恰逢女儿休假，带着父母来美国游玩。

看得出，古巴老绅士和他的太太属于中产阶级。不论是衣装还是言谈举止都表露出绅士的做派。老绅士七八十岁的年纪，但这并不妨碍他时常向妻子献殷勤，帮妻子拎手包是他的得体表现。他的太太看上去比他小一些，一路上古巴老绅士对太太关怀体贴，让我们看着都从心里感到温暖。

古巴老绅士善谈，自从聚集在团队里，他就不间断地讲话，和团队里的每一个人打招呼："Hello! How are you?"接下去他说的就没人听得懂了。因为除了这句英语的"你好！你过得好吗？"之外，全部是古巴语。而老绅士并没有因为大家听不懂他的话而停语，依然孜孜不倦地说着，夹带着表情和手势。他的手势做得总是干脆有力，让人觉得他的话一定很有分量，可惜就是什么也听不明白。

赤道南8度寻梦

他与汪雨晴交谈。汪雨晴一遍遍用英文重复着,而老绅士也同样一遍遍用古巴语问着。大家都在笑,他们双方也在笑,可笑并不能解决语言的问题。汪雨晴突然跑过去找来他的女儿。这是位20多岁的姑娘,活泼可爱。她架起了老先生和汪雨晴之间的语言桥梁,成了她父母和我们之间的临时翻译。

汪雨晴用英语我用中文和老先生愉快地交谈。虽然速度缓慢,但也其乐融融。人与人的接触有时不在语言的多少,而在于那种心境和氛围。老绅士个子不高,长着一双欧洲人的蓝眼睛和一双长长的剑眉。虽然他们从古巴来,但他和太太是纯粹的白人。举手投足间看得出他与太太有很好的出身背景和教养。从蒙特利尔出发老绅士一路上都没有停口,到了美国更是兴奋得滔滔不绝。有一点我可以肯定,当面对纽约的摩天大楼时,老绅士是在谴责美国对古巴多年的经济封锁,那脸上的表情很愤恨,手势也果断:"伐克!"(见鬼)他的太太几次笑着欲阻止他,可他不听,仍然滔滔不绝。

他坐在大巴车的中部,每次上车他都要冲我们笑着打招呼,然后做着我们看不懂的手势。接下来就是车厢里的一片哗然笑声。终于有一天,我听懂了他的一句古巴话。翻译过来的意思是:"漂亮的女士,你们辛苦了!"我们笑了,笑得很开心。

最逗的一次是在美加边界签证处。那天风很大,我和汪雨晴邀请他一同合影留念,老绅士兴高采烈地走过来,我们的背后是一根旗杆,上面迎风舞动着美加两国的国旗。那是个风口,老绅士头顶的帽子一次次被吹得在地上乱跑,我们笑得合不拢嘴。最后还是汪雨晴用手从后面帮老绅士按住了帽檐,照相机终于按下了快门。就有了一张与古巴老绅士无比逗乐的合影。

载我们去美国的是位加拿大的老帅哥司机。他高挑的个子,眼睛灰蓝，短发，五十岁左右，洁白的短袖衬衫束在西装裤子里，脚上是一双擦得很亮的黑色尖头皮鞋。看上去很精干。

我在海外注意到一点，无论是在欧洲还是在北美，公交车司机基本是仪表堂堂的帅哥。不论年龄大小，他们都衣冠楚楚，整洁帅气，看上去很有教养和品位。

帅哥司机性情温和，总是很友善地和上下车的游客们微笑着打招呼。到了旅游区，他会和大家聊天，天南地北，很贴心。不论谁有什么事中途要求停车或去车厢里取箱子拿东西，他都不厌其烦。然后还会和你聊上两句，微笑着离开。过境时，我们的人与行李都要安检，大巴车也不例外。穿着制服的安检人员来到驾驶室检查司机的座椅，那一刻我很替老帅哥着急。我对汪雨晴说："他不会有事吧？"

汪雨晴："不会，怎么可能。"

我："用车运送毒品也是走私的一种呢。"

汪雨晴替帅哥司机打包票。我们坐在第一排，安检就在我们眼前进行。那一刹那，还真替帅哥司机捏把汗。帅哥司机看到我们紧张的脸后，朝我们笑着摊开双手，耸耸肩，表示抱歉和无奈。安检很快结束，大巴车和我们顺利过境入关。我和汪雨晴都松了一口气。

一路上，汪和帅哥司机用英文交谈，当然是在停车的时候。真羡慕汪一口流畅的英语。看着他们谈得那么投入，我在旁边也被深深吸引，努力听着我能听懂的词句。从加拿大到美国再到中国，从学识到人生再到生活。后来汪对我说她才发现自己还会喜欢除去丈夫之外的其他男人。呵呵，后来我发现团队里被帅哥司机吸引的远不止汪一人呢。当然，这种喜欢不是俗世里的那种。一个帅气的绅士，无论走到哪里都会受女性欢迎的，这是必然。

在返回加拿大的途中，有一次长长的休息。我和汪一同给帅哥司机买了一杯浓咖啡。五六个小时的行程我们可以睡觉休息，而他却要一直紧握方向盘。帅哥司机接过咖啡时站起来一遍遍致谢。我想他谢的不是那杯咖啡，而是我们理解他工作的那份情意。人与人之间有时是需要这种温暖传递的。

古巴老绅士和帅哥司机经常在一起谈笑风生。我不知道帅哥司机是怎么弄懂老绅士的那些古巴语的。

我曾在一篇文章中写道：人与人的距离就像星球与星球一样遥远。能否靠近和相吸引完全取决于星球自身的磁场力。就如有的人在身边几年十几年甚至一辈子，你都无法走近被他吸引，而有的人一朝相遇，却终生记忆。就如同这位古巴的老绅士和这位加拿大的帅哥司机。

写此文时，我与汪雨晴在微信上谈及这次美国之行。汪雨晴回我微信说："后来我又跟'华景'去了魁北克和尼亚加拉，但那种开心再也没有找回。两次出行都是粗壮的大婶开车，没有帅哥司机，也没有可爱的老先生，更没看到大西洋城教堂顶上的那抹夕阳。"

突然想起一句话："在合适的时间遇到了合适的人，做了合适的事。"我们不约而同。

虽然那趟美国之行只有短短几天，但那份美好与开心却是一辈子的记忆。

写于 2015 年 8 月 1 日蒙特利尔

初春走进海参崴

海参崴的春天是从六月开始的。

从北京出发到达哈尔滨的时候是六月下旬。北京已经进入盛夏，哈尔滨也春意盎然。火车在东北辽阔的原野上奔驰的时候，车窗外已是一片片绿油油的田野。看那样子，小麦已经进入收割期了。

没带厚衣服，只穿了一身军备绿短衣短裤，就跳上了去绥芬河市的火车。到达俄罗斯时冻得不行，没想到海参崴的春天是从六月才开始。我们穿着短衣短裤，而海参崴的老人们还穿着冬天里的棉袍，我们的田野里一片生机盎然，麦浪滚滚，而海参崴的田野里还是茫茫的刚刚在苏醒中的黑色耕地。这是后话。

一行京族朋友，再加上台湾刘（我们总是这样称呼他），自然好生热闹。

入住绥芬河，看国门。

到达绥芬河时是第二天的清晨，绥芬河这个边关小城还没醒来，静悄悄地睡在晨曦中。清纯的空气让人的呼吸舒畅，特别是刚刚告别了北京的雾霾，对这边城的清晨尤为喜欢。很快我们在离火车站不远的坡地上，找到了一家酒店。据说是小城中最高档次的了，这家酒店在全国都有连锁，所以住起来也比较熟悉方便。安顿好行李，我们很快找到了当地一家比较大的旅行社。

是淡季，旅行社里的人并不多。手续办起来也不烦琐。比起去欧

赤道南8度寻梦

洲和美洲简单得不能再简单了，甚至让我感到要是不走一趟都对不起那片广袤的土地。很快我们就确定了去海参崴的过境时间。

过境前的那天是在绥芬河市度过的。

绥芬河是山城，城区内的路面经常要上岗下坡。绥芬河又是一座边境城市。每一条街都充满了浓烈的俄罗斯味道。特别是那几条商街上走着许许多多的俄罗斯人，有来旅游的儿童和老人，也有前来贸易的中年男女。街道两侧的商铺门庭上，挂的全部是用俄文写的招牌，商铺里播放的也是俄罗斯歌曲……置身走在商街上，走在那些蓝眼睛大鼻子、黄头发的人中，你会有一种走在异国他乡的感觉。如果不说，你还真的以为自己不是在国内。

我们这些20世纪50年代出生的人，基本上都是听着俄罗斯音乐长大的。《莫斯科郊外的晚上》《喀秋莎》《小路》《红莓花儿开》……走在这样的街上，听着这些熟悉的歌曲，猛然间心灵被撞开一道口子，那么的温暖，仿佛回到了青年时代，回到了那个爱做梦满脑子萌发情绪的时代。俄罗斯音乐凸显我们那一代人的时代特征，它是50年代那些人人生中必经的一个驿站，是我们身上的烙印。更何况我们生存的地方与俄罗斯是近邻，更何况我的童年家里经常有一些大鼻子的俄罗斯专家到访，与童年的我有那么多的亲密接触。我坐在他们高大厚实的肩头上，用小手紧紧抓着他们黄色的卷曲的头发的记忆几十年并没有被岁月的风雨冲刷掉，从来没有。

我们住的酒店旁边有一个不大的教堂，它建在山坡上，披着朝阳沐浴晚霞。黄色的墙体，白色的屋顶，屋顶上立着一个大大的十字架。在路口，在这六月的晨光里，在这边城的山坡上就格外地显眼。每一次从它的面前走过，我都仿佛感到那个被钉在十字架上的人在看着我。虽然我不是基督徒，但我也会不自禁地在心里默默祈祷。为苍生、为大地、为我们存活的生命。

我们的午餐是在一家俄罗斯餐厅吃的。餐厅极俄式，不论是菜品还是装饰，还有那诱惑人的俄罗斯啤酒。餐厅里坐满了俄罗斯食客，而餐厅老板却是当地的中国人。

然后我们叫了计程车去国门。

"傍晚的余晖中，我们去了国门。国门是我对绥芬河最庄严的记忆。"这是我那天晚上写在旅行日记中的一句话。

国门离市区有段距离，要 20 分钟左右的车程。国门是一个拱形的建筑，门体的灰色很凝重。上面有国徽，很庄严。我们去时国门映照在傍晚的霞光里，晚霞给人的感觉总是无比温暖。此时的国门除了庄严还赋予我们以温暖，那种感觉就很奇妙。你会觉得你作为这个国家一分子应有的安全感，你会被祖国这两个字再次打动，你的心会情不自禁地柔软，你会清楚地感知到周身血液的流淌，你会被一种有形的和无形的东西托举着，你在夕阳的血红中寻找着，定格你的有关归属的思考。这就是我站在边城夕阳中面对国门的真实心理活动。那一时刻，我在心里界定了我的身份，不管她是贫穷还是富有，也不论我以后将走到哪里。

我在夕阳中走到两国的交界点，对面就是俄罗斯的领地了。他们的旗子也像我们的国旗一样插在那里。一个俄国士兵端着枪站在旗帜下，目不转睛。我和他面对着面，近在咫尺。

世界上最便宜的国际列车票

在欧洲大地上行走的时候，国与国的界线并不明显，特别是申根的那些联邦国家，过境时不用签证也不用边检，坐在大巴车上，一路

赤道南8度寻梦

行驶过去。如果你不细看根本察觉不出来已经到了另外的一个国家。因为跑的都是车轮下的同一条公路。只是到了国界时，公路上会用一种颜色画一条杠杠标志出来，路边也会立一块牌子，标志着这里是国境线。那牌子很像国内公路旁的任何一块交通标识牌。不大，稍不注意就会忽略过去。这样的过境当然是不需要国际列车的，自然也谈不到票价问题。而从中国去俄罗斯远东不一样，国际列车一定是得坐的，但没有想到车票竟是如此便宜——人民币仅需71元。

入住绥芬河的第二天早上，旅行社的大巴车把我们送到了中国境内的边检处，过境的中国人很多，大家排着队。出了国境，在一块两国共用的空间地带，我们跟着领队登上了一列老式的402次国际列车。起点是绥芬河市，终点是格罗捷科沃。车票和国内的普通车票一样大小，一样颜色，只是上面标记的始发站和到达站不同，因为格罗捷科沃不在中国境内。我好奇地接过这张具有历史意义的国际列车票，看到上面的票价写着数字71元。有点像儿时小孩子过家家的感觉，一张像模像样的车票，从房间的这一端到达房间的那一端。

"真是不可思议！"这是我出国以来最便宜的一张国际列车票了。

入俄罗斯国境时，我们拿到了一张临时居住证。俄国人的边检站不大，也比较简陋，但那位边检的女士很漂亮，长得很有味道。拿到她递过来盖完章的护照时我抬头冲着她笑了笑。她也友好地冲着我笑了笑，她笑时弯弯的嘴角和长长的睫毛甚是好看。

边检口，一条很大的警犬正穿梭在一个个过完安检的行李包前，嗅来嗅去，那副认真一丝不苟的样子让人怜爱，真是条好狗！

火车开始在俄国的原野上奔驰，车速不快，我能清晰地透过车窗看到外面的景色。一望无际茂盛的草甸子绿得像地毯伸向远方，一点人为的痕迹也没有，保持着最原始的状态，萌动着春天的蕴意。像一个原始的童话摆在那里。不一会儿，车窗外出现了大片大片黑色的土地，还没有进行春耕，保持着沉睡的状态。刚刚几十分钟的车程，怎么会有这么大的差别？心里掠过一丝淡淡的忧郁和不解。

宁静如画的港口

那是一幅画，很多年之后回想起来那仍然是一幅印象深刻的画。

踏入海参崴港口的那一瞬间，我被眼前的美丽惊住了。一湾湛蓝的海水，如半牙般倒映天地间，宁静得如午夜的星空；一片湛蓝的蓝天，浮动着淡淡的白云。海湾里停靠着许多的船只，有军船也有商船，还有一些私家游艇，一排排整齐地泊在那里。那落下帆的船上直挺挺地立着长长的桅杆，远远看去仿若一片海上的树林。成群的海鸟抖动着翅膀在海面上飞来飞去，一会儿扑棱翅膀飞上岸来觅食，一会儿又展翅高飞于天宇，一会儿又成群结队地飞回到海面上，追随着海中的船只，不时发出几声鸣叫。因为静寂，那海鸟的叫声就格外地响亮。这就是我对海参崴港口的素描。没有看到更多的人，除去偶有几位工作人员走过。港口静得出奇，就这样如油画般映入我们的眼帘，镶嵌进我们的心里。这份犹如天籁般的宁静也随之留在了我的记忆深处。在这与我们咫尺相隔的土地上，我领略域外风情的同时，轻叩心门。国内的嘈杂与这里的宁静形成了强烈的反差，一下子竟有些不太适应。习惯总是让人改变，不论好还是坏。

我站在岸边，手扶栏杆，如此地赏心悦目。那海湾的岸边是碧绿的草地、洒满春天的阳光。那成群的海鸟在不停地歌唱……我找不出这海湾的半点儿瑕疵。

赤道南8度寻梦

我是一个对美有极大嗜好的人，"一个淡定而又不断寻求完美的女人"是我在博客上的个性签名。我想在这六月的阳光里，在这俄国远东的海湾，那份静美给我的人生许多的影响，甚至改变了我以后的性格。

那海湾不一定能记得我，而我却从此再也没有忘记那泊在俄国远东海参崴的一汪水，那个月牙形的海湾。

博物馆式的车站与西伯利亚大铁路

把车站作为博物馆的，世界上并不多见，海参崴可算是先例。这个车站之所以称其为博物馆，我想是与从这里出发的那条通往莫斯科的西伯利亚大铁路有关。

海参崴的车站更像是一个博物馆，走进去的人出来时一定会这样说。拱形的屋顶，典型的欧洲建筑风格，听说是1912年建成的，沿袭了17世纪俄国的建筑理念。有浮雕，拱顶有彩绘的图案和精致的旋转楼梯，包括那些老式的别致大吊灯和那些不大的商品店。

车站的候车厅不很大，更像一个家中的。周围开着几家商铺，摆放着好看的小玩意儿和旅游纪念品。候车室里坐着三五个乘车的旅客，他们安静地坐在木质的雕花长椅上等待着。有的在看手里的报纸或杂志。一点声音也没有，静静的。

那些穹顶上的彩绘很好看，让我想起欧洲的建筑。

海港旁边不远处是那条世界著名的也是世界上最长的中东铁路。我看到了那辆火车头，它静静地卧在一个不大的广场上，向来访者讲述着那段岁月和过往，那段地球人都记忆的历史。

铁路车站是按照俄罗斯17世纪的建筑风格，于1912年建成的。车站附近有一个蒸汽机车头。我们站在那机车头下，想象着当年它的头上冒出巨大的浓烟飞驰而过的场景。据说这蒸汽机车头是"二战"期间，由苏联工程师设计，在美国制造的。1963年前，这种蒸汽机车一直奔驰在西伯利亚大铁路上。为纪念战争年代的铁路工人，1995年"二战"胜利50周年时，设立了这座实物纪念碑。在这座纪念碑旁有一个刻有9288的标志物，这是贯穿俄罗斯的大铁路东端终点的标志，表示自此到莫斯科的距离是9288公里。

战士纪念碑与光荣纪念广场

战士纪念碑，全名叫"远东苏维埃政权战士纪念碑"。是为1917年二月革命和十月革命而建，为争取在远东建立苏维埃政权，布尔什维克战士与国内外反动势力进行了艰苦卓绝的斗争，终于在1922年取得了最终胜利。纪念碑矗立在符拉迪沃斯托克市中心广场，始建于1961年，是远东最大的纪念碑。

那天，天空特别地蓝，万里无云。我们就那样静静地站在广场上，注视着它在天地之间。那上面凝结着多少战士的鲜血呀！我情不自禁地对同行的朋友说。

其实，任何一座纪念碑，除了纪念的意义外，都是血腥的。

红旗舰队战斗光荣纪念广场坐落在船厂岸边。"二战"期间，太平洋舰队与德国法西斯在海上和陆地上进行了殊死战斗。为纪念英勇牺牲的战士们，纪念广场中央常年燃烧着长明火。纪念广场的主体纪念物是C-56近卫军潜艇，据说这艘潜艇在"二战"中英勇善战，共击沉敌战舰十艘，重创四艘，立下汗马功劳。

赤道南8度寻梦

　　此外，我们还去看了东方学院，它是俄罗斯远东和西伯利亚第一所高等学府。门牌上清楚地标注：建于1899年。在学院中央大门口摆放着两尊石狮子，是中国政府赠送的。

　　我们沿着斯维特兰那大街往前走，这条大街是符拉迪沃斯托克的主要街道，随金角湾沿岸延伸7公里。在这条大街上有各个时代修建的风格各异的建筑物。在大街的起始部，是著名的维尔萨宾馆，建于1908年。据资料上记载，这所宾馆1990年遭遇大火，经过翻新改建，现在是符拉迪沃斯托克最高档舒适的宾馆之一。

　　我们最后驻足在尼古拉大教堂前。它的尖尖的屋顶，恢宏的建筑，让我们赞不绝口。标牌上，我们读道：1907年，为纪念在日俄战争中牺牲的战士而建，1970年恢复为教堂，目前是符拉迪沃斯托克教区的主教堂。

　　海参崴，现在的名字叫——符拉迪沃斯托克，是俄罗斯太平洋沿岸最大的港口城市。同时，它还是俄远东科学中心、俄太平洋舰队的基地，也是俄远东地区最大的城市和经济文化中心。关于"海参崴"这个名字的由来，有多种说法，一种说法是由于当地曾经是盛产海参的地区，而"崴"是指洼地的意思，其他两种说法都指此名来自原住民语言，一说是"海边的晒网场"；另一说为"海边渔村"。不论它的名字如何变换，但历史上，它属于中国领土，而且，海参崴这个名称至今仍被中国人叫着——

　　海参崴，中国人心里永远的痛！

初稿于2016年北京家中
完稿于2023年9月9日加拿大 蒙特利尔
发表于《华侨新报》

塞纳河上的红玫瑰

在巴黎时，我很喜欢在周末的阳光下和女儿沿着塞纳河漫步。

夏季的塞纳河（Seine River）很迷人，午后的阳光洒在河面上，波光粼粼。有大小的船只在河水中穿梭，游人来自世界各地，很是热闹。特别是岸边那些旧书亭，逛起来也很过瘾。保不齐就在哪个不起眼的书亭里淘到一本久违的好书。

塞纳河是法国的第二大河，全长有700多千米，1991年，联合国教科文组织将位于巴黎的那段塞纳河列入了世界文化遗产。

法国的塞纳河穿越巴黎市中心，把巴黎分成左岸和右岸。左岸聚集了大批来自世界各地的艺术家、文化达人，他们在左岸的咖啡馆里喝着咖啡，聊着文化艺术。久之，巴黎左岸就成为世界各国艺术家和文人墨客的打卡胜地。去巴黎的左岸喝一杯咖啡，几乎成为一种社会时尚，特别是对亚洲人来说。

在巴黎的左岸乘船顺流而下，可以从卢浮宫看到埃菲尔铁塔；从协和广场看到大小王宫，巴黎的历史变迁均可以借助这条塞纳河展现出来。还有巴黎圣母院和圣礼拜堂。这些世界级的宏伟建筑，当游船从一座座漂亮壮观的桥下穿越时，坐在游船上的人可以近距离欣赏那些雕刻在桥身和桥柱上的欧洲人像和各种寓意深刻的浮雕作品。只是每到这时，我会用手遮住眼睛，从手指的缝隙中张望。那些雕塑都太逼真了，我似乎对超大的东西有一种本能的恐惧。女儿调侃我说，你

赤道南8度寻梦

不能在欧洲生活，因为欧洲随处都可见到这类雕像。是的，那些随处可见的雕像人物各异，栩栩如生。或是在教堂的大门旁边、屋檐上，或是在幽深的花园里、街道上的建筑物房顶，更不要说那些宫殿和博物馆里了。我是个生性胆小之人，面对那些超大的艺术雕塑作品，总能和小时候保姆给我讲的那些鬼故事联系起来。也许是我太富于联想了。

我曾和女儿在夏花的暖阳下，坐船游历塞纳河，领略河两岸的艺术建筑和浓厚的法国风情。我们买了游艇的最顶层船票，因为那里是游览塞纳河最好的位置。当我们登上最顶层的甲板时，开阔的视野验证了我们的选择。当我找到座位准备坐下时，一位手拿红酒杯，穿着吊带裙的西人女士走过来。她五十岁左右，戴着白色蕾丝手套的右手举着一个装有半杯红酒的水晶高脚杯，左手握着一瓶红酒，还兼提着拖地的白色长裙。她在我的左前方坐下，中间隔了一个座位，她的一举一动正好暴露在我的视线内。她不紧不慢一口口很优雅地喝着，时不时弯下腰拿起裙边的红酒瓶给自己斟上，不多不少，正在杯子适合的高度。我四周环顾了一下，并没有找到她的同伴。她是一个人上船的。这种浪漫让她在一船游人中很是显眼。

最让我记忆深刻的是她右肩头上那朵精致的红玫瑰。很显然，那是文上去的，长在茎秆上的两片绿色的叶子，托着一朵盛开的红玫瑰，那茎上毛茸茸的尖尖小刺依稀可见。太逼真了！宛若从花园里刚刚剪下的一朵红玫瑰！午后的暖阳洒了她一身，顺着她诱人的后脖颈流淌到肩头那朵鲜丽的红玫瑰上，然后滚落到她银白的裙裾上——

夕阳西下，塞纳河进入傍晚最美妙的时光。我眼前的那朵精致的红玫瑰在塞纳河上格外耀眼。它像一个小精灵随着游船在塞纳河上起起伏伏，随着河风在我的眼前飘荡——

许多年过去后，只要想起塞纳河，想起巴黎，我都第一时间想到它，那个文在一位女士肩头的红玫瑰！

由此，它也让我改变了对文身的看法。以往经年，我都是非常排斥文身的。我独断地认为文身都是不正经的人。自从塞纳河上那朵玫瑰出现后，我似乎开始对文身有了观念上的转变，甚至暗地里想，其实在适当的位置文上一个自己喜欢的小图案也不是什么违规的事。

多年北美生活，让我对文身早已见怪不怪了。如果在这样一个多元的国家里，你在大街上看不到一个有文身的青年人，那才是怪事了。

2023年盛夏的一天，我和社长Wendy驾车去唐人街采访。途中，我们谈起法国，谈及巴黎。她的女儿也曾在巴黎留学过。我们不约而同地说起塞纳河，说起塞纳河的左岸。之后，我向她说起了塞纳河上的红玫瑰，说起了那位穿着吊带裙，手拿一杯红酒的浪漫女士。我说这么多年过去了，我还是忘不了塞纳河上那位女士右肩头上的红玫瑰。我说也许有一天我会走进文身馆，也在右肩头文上一朵我记忆中的红玫瑰。没想到一向矜持的Wendy突然说，如果你去文一朵红玫瑰，那我就去文一只蓝蝴蝶！

于是，就又有了一段关于蓝蝴蝶的故事……

写于2023年8月20日 蒙特利尔
发表于2023年9月加拿大《华侨新报》
同频《华侨新视野》

赤道南8度寻梦

埃菲尔铁塔下——

北美立秋那天,我刷到一个视频。视频内容是一对西人夫妇收养一位中国弃婴的故事。一开始,我以为那对西人夫妇可能不能生育,所以才动了领养孩子的念头。但我错了,这对西人夫妇居然有三个非常健康可爱的儿子。而且他们也不是有钱人,是那种非常普通的西人的生活。当我看到那对西人夫妇通过三年的努力,终于收到来自中国的收养电话,夫妻二人激动地拥抱在一起喜极而泣时,我仿佛被什么东西撞了一下。我的目光里充满了疑惑。

为什么呢?为什么要不远万里去中国领养一个孤儿呢?

真是个幸运的孩子!当我把这条视频发到朋友圈时加上了这句话。那视频的封面是长大了的女孩和三个哥哥的合影。

这是2009年的故事,这个故事发生在江西上饶。这个出生仅八天的女孩被遗弃在政府门口。但她是幸运的,当这对西人夫妇走进那所嘈杂凌乱的福利院时,小女孩清澈的眼神引起了他们的注意。就是那一瞬间的对视,小女孩的命运彻底反转,双向的选择让她彻底改变了自己的人生。那对西人夫妇说,挽救一个生命比孕育一个生命更伟大。就这样,小女孩在三个哥哥和养父母的疼爱下幸福地长大成人——

放下手机,我来到落地窗前,心里竟无法平静。窗外的大枫树已经有些许的叶子泛红了。时间真快,女儿离开巴黎移居北美已经十年埃菲尔铁塔下——

有余了。记得十年前，我去探望在巴黎留学的女儿时，在埃菲尔铁塔下，也见到过一位让我不解的西人。那是一个阳光灿烂的午后，我在埃菲尔铁塔下流连忘返，那高耸的铁塔，巧妙的结构让我将凝视的目光长久地不愿移开。这座1889年由有着丰富的铁路高架桥设计和建造经验的工程师埃菲尔与工程师努维依尔、柯赫林和建筑师斯特芬·索维斯特共同为巴黎世界博览会设计的330米高的铁塔，如今成为世界最著名的城市地标之一。

正当我凝视那铁塔思绪联翩时，一位瘦高英俊，长着一头波浪卷发的年轻西人小伙子挡住了我的视线。我仔细打量这位站在我面前的帅小伙，只见他胸前用那种妈妈常用的布背兜背着一个兔唇的亚裔小女孩。看上去，那小女孩有2岁多的样子，她在布兜里脸冲前，所以我能很清楚地看到她的兔唇。那西人小伙子很年轻，看上去也就二十四五岁出头。这么年轻的小伙子怎么独自背个孩子出来呢？是他领养的孤儿吗？一连串的疑问涌在嘴边。我的注视可能引起了那年轻西人小伙子的注意，他把头转向我。我微笑地用手指着他怀里的那个小女孩问道："Chinese？"西人小伙子答："Yes，Chinese！"之后，他又说了很多话，我估计他是在向我介绍这个小女孩。因为在他说的话里，不停地出现"China"和"Beijing"的词语。很遗憾我的英语水平太差了，我无法听懂他说的是什么，只留下了那铁塔下的遗憾。

在海外，经常能看到西人家庭里有中国孩子的面孔出现。而且很多孩子都带着生理缺陷，这是怎样的一种大爱才能让这些领养者跨海跨洋到遥远的东方把这些被父母遗弃的孩子领回自己的家庭，给予他们家的温暖和父母的爱！

时光在这个星球上循环往复，映出四季的同时，也映出人性的光辉。不论黄头发还是黑头发，都是生活在这个星球上的人类。

赤道南8度寻梦

当那个背着兔唇小女孩的西人小伙子从我眼前走开时，望着他那清瘦单薄的身影，我突然感到爱的伟大。正如木心先生所言，只有爱能使这个世界和谐美好！

秋深了，就快到中国那个万家团圆的节日了。巴黎埃菲尔铁塔下，那个在西人小伙子胸前的兔唇小女孩也到了读中学的年龄了吧？我相信在那位爱心满满的爸爸照顾下，她的兔唇一定早就医治好了。

北美的秋哟，蕴藏着多少鲜为人知的故事；又为我们勾勒出多少人世间美的画卷。生活在继续，美在继续，爱在传递——

写于2023年仲秋 蒙特利尔

发表于2023年9月《华侨新报》

同频《华侨新视野》

时空维度——赤道南8度寻梦

巴厘岛在赤道南纬8度上。

七月去巴厘岛是个不错的选择,特别是对酷热煎熬中的北京人来说。而于我,更增加了一层别样的情怀。

我是一个寻梦者!

——题记

黎明时分,机翼下已见巴厘岛

告别草原与北方,海南小休后,我到达广州与朋友们会合,飞往印度尼西亚巴厘岛。应好友BY之邀,我们将一边旅行一边参加她在印度尼西亚泗水的"艺术空间"开幕及画展。

机舱里乘客不多,借同行师兄的光,我们被安排在经济舱的第一排,并给了足够睡下的座位。

空姐是印度尼西亚人,讲英文,彬彬有礼。要了毯子,安顿好行李后,我选了紧靠舷窗的一排空座躺下了。

对我来说,巴厘岛是陌生的,但又有某种熟悉,它让我想起远在北美洲的古巴,两个在赤道上的岛国。

同样的热带气候,同样的绿色植物,同样的大洋和蓝天,不同的是各自的地域文化与宗教……

5个小时的飞行，对我这个常飞北美的人来说不算长。更何况还有这难得的空中卧铺，真是幸运的一次空中之旅。

机舱里渐渐安静下来，我拉下舷窗挡板，进入万米高空的梦乡——

黎明醒来时，伏在舷窗往下望，机翼下已是一片房舍……

巴厘岛到了。

梦之巴厘岛

如果我不曾来巴厘岛，我想我这一生是有缺憾的。

巴厘岛之美，只有来过的人才有权评说。这一点上，我也是一位后知者。因是海岛，因在赤道上，除了热还是热，除了看海就是看洋。而当我踏踏实实地在巴厘岛上行走了一个月后，我才真正认识了巴厘岛。这好比我们对一个人、一本书的解读。

巴厘岛位于爪哇岛东部，是印度尼西亚众多岛屿中最具风格和人文色彩的一个岛，说它风情万种一点也不为过。海岛虽然面积不大，却有着优质的海洋和变幻莫测的活跃火山群，阿贡火山独特的地质结构与不定期的喷发吸引了世界无数的旅行者与地质学家，远渡重洋，跋山涉水来一探究竟。

海岛上山脉纵横，蓝天白云下云雾缭绕，远远望去，如美轮美奂的神秘迷宫坐落在大洋上，那气势绝非用一句"景物绮丽"所能描述。加之，巴厘岛独特的神秘宗教文化和耀眼的东南亚民宿建筑风格以及四季如夏，海风习习，气温常年在24～25℃。这些得天独厚的自然资源，使巴厘岛名扬海内外，成为世界之岛，成为各国游人度假的天堂。

相继而来的"神明之岛""恶魔之岛""罗曼斯岛""绮丽之岛""天堂之岛""魔幻之岛""花之岛"等也都成了它的别称。

2015年，美国旅游杂志《旅游+休闲》进行了一次调研，将印度尼西亚巴厘岛评为世界上最佳的岛屿之一。

一个民族的信仰是否与他的地域有关？这个问题是我多年前在欧洲旅行时突然想到的。巴厘岛人信仰印度教，家家户户的门前都摆着佛龛。铁灰色，取材于火山岩。那造型有点像佛塔，肃穆庄严。

原住民的院墙和门楼也多是仿塔而建，整街整街的。走在路上，有时你竟分不清哪个院子是庙宇？哪个院门是人家？

佛龛里的供品也是很有讲究的，是用当地的一种绿植的叶子和花叶及糯米等一些谷物制成。沿街而行时，常会看到三五成群的巴厘岛女人裹着拖地长裙，头上顶着一筐做好的供品，排成一队，前后走着去庙宇和佛龛上供。婀娜多姿的腰身配上那只在身旁不停摆动的巧手，不失为一道美丽独特的巴厘岛街景……

从机场到住地，我大饱眼福。沿途那些矗立在街道两边的各式宗教雕像让我目不暇接……

之后的金巴兰海滩观日落，潘达瓦岸边望大洋，情人崖畔沉思，海神庙里祈福，以及库塔洋人街看风景……都着实让我感到巴厘岛迥异别处的风情。它太独特、太神秘、太有色彩感了，它在不自觉中张扬着自己与众不同的个性，向世界发出那神秘的黑色诱惑，一如阿贡火山……

置身于巴厘岛，我曾迷惑困顿的思绪如千涛万浪般奔涌，心静如流水，我把自己放逐在这个风情万种的海岛上，任梦飞翔……

凄美情人崖

巴厘主岛分南北两个岛，北岛大南岛小，小到像一个热气球下面的吊舱。

情人崖在南岛，是巴厘岛的一个旅游亮点，也是一个极具悲剧色彩的地方。

那天我们驱车前往，到达情人崖是午后一点多。阳光明媚灿然，蓝天阔洋……

情人崖，真正的地理名称叫乌鲁瓦图断崖，在巴厘岛南岛西端。游人不少。入门处，我们各自领到一块长方形紫色锦缎，侍者嘱咐我们围在腰间。后来才知道皆因我们穿短裤所致。

围了锦缎在身，再往里走，竟有了一种不是拜谒的朝拜感。

一片茫茫的海域下，是一则探出水面的断崖。

那断崖呈黧黑色，刀劈斧剁一般，笔直陡峭，沉默地卧在那里，望着眼前的惊涛骇浪；又好似一艘随时准备出发的巨轮，昂首扬帆远航……

传说古时有一艘船上的水手触怒了海神，海神掀起巨浪把船抛向岸边，就形成了这船头状的悬崖。后来有一对男女，来到这里跳崖殉情，故留下"情人崖"之名。

倚栏眺望，灿阳下探出海面的断崖，我想象着那一对男女从这里纵身一跃的场景，凄美，绝望中又有怎样的一种悲壮的幸福？

拾级而上的另一端悬崖上，是用火山岩建筑的一座乌鲁瓦图神庙。已经在那里站立了十个世纪，庇护着250英尺之下，波涛汹涌的印度洋……

突然发现，从海神庙望向对面的情人崖，竟有一沿盛开的三角梅，血红色，怒放在蓝天白云下，守着海神庙，望着情人崖。不免让人产生诸多联想……

我好奇这大自然，在天地间不但留给人类鬼斧神工的奇观，还为人们编织众多的故事提供方便。

一端是情人崖，另一端是海神庙。情人崖在低处，海神庙在高处。两者对峙间是一片汹涌的印度洋，浪涌惊涛，怪石嶙峋，巨大的轰鸣传向天际……

眺望断崖远处的印度洋，那水面很是阔达，泛着茫茫白光，空旷寂寥，干净利落，竟有几分仙气。

我不知道那巨浪撞击断崖的涛声是不是船只撞向断崖时的撞击声？抑或是水手的呐喊声？又或是当年那两位殉情的男女纵身一跳时坠入海中的涛声？

不论是远古的撞船传说，还是近代的殉情之事，都让这断崖之地有了故事，有了灵性……

从海神庙下来时，偶见师兄伏于围栏望着情人崖凝神。那背影在午后的阳光下显得单薄孤独。不觉驻足，不忍打扰他的思绪。这断崖一定是让他想起了什么，那远在日本的思念。

"她走后，我真想把自己留在富士山脚下的那片森林里。"

"她喜欢日本。"

"那时候，只剩下凄美和绝望……"师兄望着那洋面喃喃地说着，像对我，也像对大洋，更像对崖下殉情的那对情侣——

守着曾经的情爱继续活下去，算不算是另一种悲壮呢？

面对午后阳光下浩瀚无边的大洋这样想时，水面竟泛起碎银状的波纹，改变了原有的模样。湛蓝的天幕瞬间云起浪涌，团团水雾山峦般绕着那断崖扑朔迷离……

我竟一时无语，心中无比怅惘。

噢，这片浩瀚的印度洋哟……

海神庙祈福

巴厘岛四面环海，供奉海神是岛人祖祖辈辈的习俗。50 000 印尼盾的背面就是海神庙。此庙从某种意义上讲，也是巴厘岛的象征。

从 BY 家别墅到海神庙，需一个多小时的车程。

海神庙始建于 16 世纪，坐落在海边一块巨礁岩石上。巨礁呈黑色，似火山岩堆积而成。巨礁脚下是一片浅滩，布满了黑色的嶙峋怪石。每逢涨潮，浪涛吞没碎石，只剩下那一座巨大的礁石孤立在海面上……

当海浪从远处涌来，与岩石在海神庙前博弈，猛烈撞击后，激起数丈高雪浪，然后哗然退去，留下浅滩上涓涓细流，潺潺水声……

那礁石，那海浪，那围绕着海神庙的神秘涛声，与浪涌风噪的空旷使海神庙平添几分诡异……

我踮着脚，跳跃着踩着浅滩中的碎石下到与海最近的滩涂上，仔细品味着巨浪扑面而来的壮观与海神庙的肃穆。

来往于滩涂上的人形形色色，皮肤也不尽相同，但他们面对海神庙时的愿望和心情是一致的。这一点可以在祈福的人群中得以印证。

我听不懂印度尼西亚语，连英语也听得只言片语，所以一开始我并不知道在海神庙的背面，这片黑色的滩涂上排那么长的队伍是做什么的。

走近观察，原来在海神庙的背后有一个巨大的溶洞，洞内有两位耄耋老者穿着洁白的长袍，头上缠着布饰，手里端着一个银钵，在给前来的人布道施福。他们先是让来者去溶洞泉水处洗脸，然后站到他们面前，其中的一位会用手蘸钵里的水弹在来者的头上，再将另一个钵中的白糯米贴到来者的额头，最后会在来者的耳朵上插一朵小花……

我微闭着眼睛，双手合十接受老者的施福，心里默默为家人和朋友们祈福，祈祷这远在赤道上的海神能保佑他们平平安安，健康快乐，祈祷海神保佑两位可爱的小公主茁壮成长……

我想，那海神一定会听到我的祈祷的，也一定会施福于我的家人和朋友们！

施道后，白衣长者将一朵嵌着金边，含着粉红蕊丝的花儿戴在我的头上，那花儿当地人称之为"幸福之花"。

巴厘岛是一个信奉神灵的国度，不论走在哪里，你都能看到那扇被一劈为二的门，当地人称"阴阳门"，也叫"生死门""善恶门"。

拾级而上到海神庙入口的高处时，抬头望见一扇雄伟之门耸立于岗坡上，正对着下面大海边上的海神庙。游人们争先在那门前拍照留影，不知他们对那门了解多少？

阔海蓝天，长风大洋，巨礁上的海神庙巍峨屹立于海浪中，面对着千年万载的印度洋，不知疲倦，生生不息地庇护着巴厘岛，这一方水土上世世代代生活的人们……

小木屋与黑沙滩

从巴厘岛坐飞机去泗水，参加完BY的"艺术空间"开幕式及画

赤道南8度寻梦

展后,我们乘坐印度尼西亚最慢的绿皮火车去了外南梦,与赤道走成一个T字。

外南梦是印度尼西亚东爪哇省的一个小镇,当地人叫Banyuwangi。坐绿皮小火车去外南梦的游客多数是去看宜珍(Kawah Ijen)火山湖。据说,这火山湖的酸性极强,pH在0.3以下,是世界上酸性最大的湖。由于这座火山"生产"硫黄,因此湖口终年被一层硫黄蒸汽所笼罩。为此,也吸引了大量的游客。

我们并没有在去火山的那一站下车,而是坐了五六个小时去了小木屋和黑沙滩,把去火山的日程放在了返回巴厘岛之后的阿贡。

小木屋是一家海边高档酒店,名叫HOTEL VILLA SO LONG,建在卡朗加沙海边。木质结构,独栋,纯正的东南亚建筑风格。有屋外的吊床,还有屋檐下的躺椅和屋后小院与极为讲究的露天浴房以及通向海边的鹅卵石小路……

这片小木屋有十几栋,组成一个漂亮别致的海边别墅群。质朴中带着风情,自然中酿造浪漫。我们到时,正值夕阳,只是刚刚下了一场小雨,太阳躲在云雾里,错过了落日。

傍晚,我赤脚走在沙滩上向远处眺望。铁灰色的海面上,远望着一脉青山,海的对面是我们刚刚别过的巴厘岛,影像浅淡。

海很阔,旷达寂寥,总觉得哪儿不对了,这海这沙滩?再次低头仔细看时,突然被一种未知兴奋起来:

"这沙滩上的沙子怎么是黑色的?"

一望无际的黑色沙滩,绵延伸向远处的天边……

有浪拍在沙滩上,又一涌一涌地退去……

刚刚下过雨,海面上翻卷着云。不远处,依然有一束霞光穿过云层射过来,照耀在海平面上,把一艘泊在海里的船儿嵌上了金边……

我脱掉鞋子赤足走在沙滩上，任脚下细柔的黑沙吻吮脚底。舒缓，浸润……

生平，我还是第一次邂逅黑沙滩，情不自禁揣摩它的来路，是天然？还是喷涌堆积的火山岩？

印度尼西亚是个多火山的国家，在我来的前几天，阿贡火山喷射的火山灰还一度迫使飞机改了航班。也许……

破解这个问题对我似乎有些难度，这应该去请教地质学家。

小木屋和黑沙滩与这片旷达的海，构成了一隅独立的空间，一个东南亚的"世外桃源"。

"这里真是个写作的好地方！"我禁不住对身旁的朋友说。

天暗下来，小木屋别墅区挂在椰子树上的渔灯亮起来了，呼应着海面上的点点渔光。我知道那是出远海打鱼停泊的船只。看那渔火，明天的鱼市一定很丰盈。

我在期待着明天的日出中睡去，枕着外南梦的大海，枕着那柔软的黑沙滩……

惹祸的油井

BY 的儿子大飞为我们制定了旅行路线。次日，我们坐上预订的包车在灿烂的阳光下向城外驶去。司机是位当地的印度尼西亚华人，会说简单的汉语，这样交谈起来就方便很多。

车子在巴厘岛上穿行，司机小伙子 30 多岁，个子不高，很善谈。向我们讲述他在中国台湾、在新加坡、在印度尼西亚的人生经历，丰富了我们对印度尼西亚、对泗水、对巴厘岛的了解，特别是对雅加达。

他不喜欢印度尼西亚，他说这里的政府官员把钱都揣进了自己的口袋，不管人民，百姓很可怜。我问他有没有去过中国北京。

他说："No!"

然后用手比画着："No money!"

我说去中国不需要很多钱，两三千的机票而已。司机听后一脸诧异："那是好多钱啦！"我不免在心里想，如果是中国的出租车司机，干了若干年，拿出两三千元应该不算什么事。可于这位印度尼西亚的年轻司机来说，却是个天文数字。

一路闲聊，阳光正值晌午时，我们的车子来到城郊一片荒芜的土堤前。司机泊了车，向那里的守门人交上每人 10 000 印尼盾后，我们跟着司机踩着土堤旁边搭建的简易扶梯上到距离地面 3 米多高处。

放眼望去，是一大片黄色的干土带，寸草不生。有十几台挖掘机在工作，两三米见方的超大塑料袋里装着白色的石灰岩垒起的长长的望不到头的堤坝……

突然想起法国女作家玛格丽特·杜拉斯以她母亲在田埂上建堤坝为题材创作的名著《挡住太平洋的堤坝》。但此堤坝非彼堤坝。

越过眼前的黄土带，向前方远处眺望，一缕缕青烟从地皮处汩汩升腾……

这就是著名的 LAPINDO（拉宾斗）。

2006 年，一个石油大亨在这里打下第一口井，满怀希望地做着发财梦，没承想从井里喷出来的不是石油，而是带着油渍的淤泥。那淤泥从 2006 年一直喷涌到现在，淹没了 24 个工厂，16 个村庄……

后来，这里渐渐成为巴厘岛的一个旅游景点。

扶梯口处有几个骑摩托车的当地男人，黑漆的脸，走过来用印度尼西亚语与我们搭讪，外加手势。尽管我们听不懂，但通过手势知道他们是在问我们要不要坐他们的摩托车去那冒气处看看。收费 30 000 印尼盾，折合人民币 15 元。

我们分别坐在摩托车上沿着土路，风驰电掣地向那汩汩青烟处驶去……

十多分钟后，我们在一片流淌淤泥与水的沼泽地前停下，一块木牌插在边缘。司机用手指着远方的雾气，用他那生硬的华语向我们讲述了这片土地上发生的悲剧……

听着淤泥中流过的漂着油渍的潺潺水声，望着不远处升腾的青雾，感慨大自然给人类带来生机的同时，也带来无尽的灾难。

听司机讲，那些被淹的工厂和村民并没有得到印尼政府的救助。

"好可怜呢，没有家，没有了工作。"司机表情难过地对我们说。

"如果这个 LAPINDO 出现在你们中国会怎么样？政府会管吗？"司机问。

"当然会！村民会得到政府的救助，也会得到社会捐助的。"

说这话时，我十分肯定，心里竟有一份自豪。

返回的途中，我们去了泗水著名的清真寺。在那扇金碧辉煌的门前，我为那些被淹的村民祈祷，祈求神灵叫停这喷涌了 12 年的"油井"。

希望我们的祈祷能给那些受难者带去福音……

金巴兰海滩观落日

巴厘岛四面环海，连机场也是一半在陆地，一半在海中。机场跑道也是填海而建，所以就有了在金巴兰海滩观看飞机降落和升起的海上奇观。但最让人难忘的，是傍晚在金巴兰海滩观落日。

那海滩离我们住的地方不远，每当阳光大好的傍晚，我们都会早早吃了晚饭，或者干脆直接拿点吃的在手上，溜达着走过去，又或者去海滩上买一些商家们专门为观落日的人们准备的晚餐食品，烧烤类居多，外加啤酒，很爽。当然，价格不菲。

傍晚的海滩热闹非凡，密密麻麻的游客和当地的食客围坐在一张张由商家提供的餐桌前，吃着美食，喝着啤酒，畅怀痛饮。岸边，还不时地有旅游公司开过来的大巴车，车上满载着世界各地的游客。辉煌的落日下，嘈杂的人群，阔寂的海面，涛声、人声、落日徐徐沉向大洋无言的轰鸣声——

应该说，那是我见过的最壮观、最独特、最不可思议的海上日落了。整个的沙滩，整个的人群，包括走在沙滩上的我都被那巨大的落日罩在它金碧辉煌血色的红晕里。这让我又一次想起我在古巴与海上落日的一次邂逅，想起很多年前我曾写过的一篇《最后的颜色》的散文，想起我们曾在母体中住过的那个巨大的子宫……

我就是在那血色的落日余晖中光着脚，拎着鞋，走在金巴兰海滩上的，留下了这张珍贵的照片。那仿佛是我对母体子宫的一次礼赞！在我走出它五十年后。

我一直想寻找一张这个海滩落日的油画，未果。也许早就有人画过，只是我没有找到。如果有一天我拿起画笔，我想我会想起它，想起这个巴厘岛上的金巴兰海滩，想起那些坐在海滩上喝着啤酒，望着那轮硕大无比的落日奇观。

噢，那个让我想起就很难放下的金巴兰海滩落日哟！它一次次在我的梦境中出现，搅动我的思绪，让我联想到法国郊外那个金碧辉煌的凡尔赛宫，想起曾经我驻足那扇金碧辉煌大门前的惊诧。因为那扇门让我顿悟似的想起少女时做过的一个怪诞的梦，而那梦境在四五十年后竟与我的人生极其吻合。至今还清晰地记得当时我呆滞在凡尔赛宫那扇门前的样子，是女儿的喊声才把我从惊诧的状态中唤醒。很长时间我都被法国凡尔赛宫里的那扇金碧辉煌的玉门和中国北方那个少女的梦缠绕着喘不过气来。从那以后，我似乎越来越相信有一种强大的超越科学的东西存在，我相信万事都是有定数的，甚至我相信了神灵，相信除了我们生存的空间外，一定还有我们未知的外空间存在。一如我来到巴厘岛，以及走进巴厘岛上这个奇特无比的金巴兰落日沙滩！

写于2016年7月印度尼西亚 巴厘岛
修改于2023年7月加拿大 蒙特利尔
发表于2023年7月20日《华侨新报》
同频《华侨新视野》

赤道南8度寻梦

下辈子，我去找你！

KK 回来了，从法国北部那个艺术小镇。

他飞回北京的那天，我刚好从深圳飞到南海。我知道在内心，我和 KK 都是认真的，我们都很珍惜！希望这份感情能到老。

人生真的是有很多的遗憾，上帝只给了我们遇见的机会，却没有给我们未来。

也许，这就是上帝对我们的安排！

我突然想起这张照片，这是我刚从北美回来，去草原途中拍的，在海拉尔的一个艺术广场。我看见这尊雕像时，戛然停下脚步。眼神一定是深情凝重的。不然同行的朋友不会那样看着我。她知道我和 KK 的故事。我的眼里有些发热，那尊雕像让我想起远在法国北部画画的 KK——

朋友举起手机，为我拍下了这张照片。

其实，那像个梦境，KK 走进我的视线，在北美一个多雪的冬天。

我见到他提着喷壶走在花园小径上的照片，照片上的他是那样的阳光，青春年少，满满的巴黎味道。

他说，他在法国北部的一个小镇上画画。我知道那个小镇是出了名的艺术之地，居住在那里的画家、艺术家不但有精湛的艺术造诣，还有迥异世人的思想和独特的个性。

后来我们谈了许多话题。谈梵高、谈顾城、谈巴黎的左岸、谈蒙马特高地下那些画画的人群。当然，谈得最多的是爱情。

KK说，他曾去过巴黎远郊萨特与波伏娃的墓地，他在那墓碑前站了许久……

我一次次在大海边想我与KK在午后的阳光中伫立在那墓碑前的场景，每一次都让我心悸。我对KK讲了我在30岁时背起包天南地北寻找的往事。我讲了老主编爱怜地拍着我的头说的话："傻丫头，你找的那个人地球上没有！"

我们在电话的两端沉默……

后来，KK背起包独自一人去了地中海……

对真爱的执着让他至今独身一人，对艺术的深恋让他淡泊名利。每一次跨海越洋的通话，都让我触摸到他那颗干净沉郁、敏锐独特的艺术之心。他的整个人是忧郁的，孤独的。

他的灵魂在俗世中荡着蓝色的秋千，像极了他的那幅《荡秋千的小女孩》。他的创作是超现实的，从心。他的画风以灰色为基调，蕴藏着常人难以启迪的寓意。他就那样在法国北部的小镇上画着，画着……

春去秋来——

一天，他在地球的另一面发给我一张彩色照片。

照片上是窗框外一隅宁静的山野。阳光洒在绿色的山坡上，不远处有山峦、有树丛……

蓝天白云下很是养眼。

他说他很想在那山坡下买一幢法式老房子，有楼台庭院，有盛开的大花园，有爬满青藤的葡萄架，有铺着洁白餐布的餐台，上面放着法国红酒，他的手边是一本打开的书，他的身旁是一幅正在创作的油画作品，那幅画静静地待在画架上，等待主人最后的一笔。

那画布上对应着不远处和它一样的山野……

后来，我知道这里不但是他向往的家园，更是他心的栖息地，是他在法国北部这个小镇上的向往。

他把那幅画完成后，拍照寄给了我，那野山坡就成了我们回忆中最美丽的风景……

他说，那山坡下住着他的一位好朋友，还有一对善良好客的西人老夫妻。他们家里有很大的冰箱，喝甘甜的山泉水。他说他每个星期都会去那山上乘凉，和老夫妻一起晒下午的太阳……

他说朋友的家里有鸡，有一群猫，还有一只可爱的小山羊。

那山坡，让我想起什么，远在新西兰的一个小岛。

那岛上也有这样的野山坡，曾经住过三位杰出的诗人。

那山坡，让我想起一部日本老电影——《远山》，想起在那开满野花的山坡上一位美丽善良的姑娘邂逅了一个不太冷的杀手。

我问他，是不是所有的野山坡都有属于它自己的故事？

他笑笑说："我可不想当顾城，我想在那山坡上邂逅一段美丽的爱情！"

噢，好宁静的山野呀！

后来，我为他的那幅油画写了一首诗：

野山坡
好宁静的山坡，
山坡下有你的家吗？
一幢用木头搭建的小木屋，
木屋上开着许多漂亮的窗。
好宁静的山坡，

庭院里开满了姹紫嫣红的花。

一只小黄狗慵懒地躺在屋檐下，

晒着午后的太阳。

好宁静的山坡，

白色的墙体长长的亭廊。

那阁楼上敞开的舷窗旁，

倚着你心爱的姑娘。

好宁静的山坡，

山坡下，

爬满青藤的葡萄架掩映温馨的家。

小狗母鸡山羊还有不远处的田园村庄。

好宁静的山坡，

你说

寻魂回归的地方，

梦想疯长的摇床。

  KK将这首诗收入了他在法国出版的画册里，作为序。还有前面写到的那些关于野山坡的文字。

  为什么要拒绝他来海岛呢！似乎有100个理由，又似乎什么都不是理由。之后，我飞回北美，KK飞回欧洲。一隔竟又是两三年的光阴。

  此后数年，我们依然是你来我往，两个人在时空的维度中擦肩而过……

  记得有一次KK说：姐姐，你再不回来我就得走了！姐姐在和我捉迷藏！

赤道南8度寻梦

听这些话时我心痛得流血。可是，我不能！

我没有那么豁达的恋爱观，感情上我太中国、太传统。不见，也许是我们最好的遇见！

时光荏苒，又是几年过去了。我从北美回到海岛，KK从法国回到北京。也许这一次我们真的应该见一面了！

KK说：你在哪过年？

我说：还不知道呢！一个满世界游荡的人。KK说：就在南海老老实实待着，在那儿过冬好。

我说：姐姐让我去上海，我不愿意。上海的冬天屋子里太冷。

我又说：大不了租一个男友回来过年。我用了好几个坏笑脸。

KK发给我一排戴眼镜的小脸。

然后我笑：戏言。

KK：当真。

我：你当真了？还是把我的戏言当真了？

KK：两个都有。

……

一晃十年——

也许，有一天当我老矣，我会放下一切羁绊去看他，看看这个我们不论在时空的维度里，还是在现实的俗世里，还是在巴黎远郊那个墓园里擦肩而过的艺术博士，这位在法国小镇上不停画画的KK。

写于2022年初春 蒙特利尔
发表于2022年初春加拿大《华侨新报》

遇见

遇见，是一份美丽。

找一个有趣的灵魂交往，寻一部爱车同走人生。

——题记

我总是固执地认为，万事都是有定数的，就如同我在北美再次遇见心仪的甲壳虫敞篷车一样。

我对甲壳虫敞篷车的喜爱似乎是刻在骨子里的，也许上帝知道这一点，所以在我移居北美后，又一次让我与它遇见！

我第一次与它邂逅，是在海岛的车行里。从此一人一车在海岛上度过了一段十分惬意的日子。后来我返回北美——

在加拿大生活，最主要的交通工具是车。车，就像人的两条腿。没有车，在这地广人稀的加拿大，不亚于没有腿。所以，移居后，我第一件办理的大事情，就是利用手中的中国驾照，考取当地的行车驾驶证，即驾照。

这里的驾驶学校说的是英语和法语，教练自然也是西人。好不容易找到一个有华人教练的考证驾校，还在外省。幸好那里有朋友。我接到通知后火速赶过去，先是考理论课，笔试。拜众神保佑，一次过。然后就是路考。几天的路考训练，每天都是大汗淋漓。浸透了汗水的皮夹克让我的后背上起了一堆红疹子，奇痒无比。"真不容易！"

我在心里说。却没放弃。

路考那天，一切顺利。谁承想就在最后一个拐弯处我闯了红灯。这也不能怪我，因为是右转，右转是可以在红灯下进行的，更何况我前面的两辆车都向右转了，我稍顿了一下，即刻也跟着转了。就因为这一转，我被罚重考。后来才知道，加拿大的驾驶章程里规定，只有在蒙特利尔岛上才允许红灯时右转的。不论怎样，总算是拿到了驾驶证，有腿了。

买车。"您想买辆什么样的车呢？"女儿问我。

"当然买甲壳虫敞篷车了。"我想都没想，脱口而出。

"那可不行，这里不是海岛，冬天里冰天雪地的，您开敞篷车会很冷的。"女婿认真地看着我说。

我一点也没在意孩子们的顾虑，因为我知道我要什么。说来也是奇怪，那么多的车型，入我心的，唯有这款。可是，孩子们带我走了好几家车行，都没有甲壳虫敞篷车。唯一看到一辆还是封顶的，红色。

这不是我喜欢的款式和颜色。也许买不到了。这样想时，不免心里涌上几分失落。

也许是我的真诚感召了它吧，在一个偶然的机会，一位朋友帮我在网上找到了它。它与海岛上的那辆车几乎一模一样，黑色的车身，只是敞篷部分比海岛那台车浅一些，奶茶色。车行的老板告诉我们说，这是"甲壳虫"二代车，比一代更先进、更智能、更省油。而且这款车已经下线，它是仅存的一辆了。我听后迫不及待地让女儿女婿带我去买车。两个多小时的路程，我心急如焚，恐怕去晚了，被别人买走。

深秋的景色，一路上在车窗外闪过，我无意观赏，只在心里一遍遍祈祷上苍，让它在车行里等我。

终于，我们推开了那家车行的门。车行很宽敞，阳光透过高挑的玻璃窗照进来，洒在那辆落下了车篷的"甲壳虫"身上。哇，它那么美！午后的阳光中，清纯英俊。我爱不释手地围着它转圈圈。真是太像了，一模一样！我像个孩子似的开心笑起来。正当我沉浸在自我陶醉中时，车行老板告诉我们说，这车我们买不走，因为我们不是当地居民。

我一下子急了，急得失去了往日的教养，冲着那西人老板大声喊起来，而且是用中文。车行老板似乎很理解我，并没有计较我的态度，而是用手势安抚我，说他们会想办法。

女婿劝慰我，说马上就要下雪了，不如让它在车行里待上一个冬天，明年春天再来买，那时车行老板也许就会找到解决卖给我们的办法了。

我不想，却也无奈。

返程，一路无话。

那个冬天，好漫长！

冬雪如啸的夜晚，我总是禁不住放下手中的书，呆呆地冥想那辆车，向上帝祈祷，等待春雪融化，等待我和它的重逢。

我说过，遇见，是一份美丽；那么重逢呢？重逢会不会是命运的安排，命定的事呢？

……

当我们驱车碾轧着春雪飞驰在去车行的路上时，我的心里装满了整个的春天。

像我在海岛上遇见"凯瑟琳·海伦"一样，它静静地卧在那里等待我的到来。一位工作人员走过去打开了前车大灯，它睁着两只大眼睛，一闪一闪地望向我。我走过去，用手抚着它的头，像当年对"凯瑟琳·海伦"那样说道：谢谢你等了我这么久！回家吧，以后我俩在一起！

虽然手续繁杂，但那是我最开心的一个春天！

从那以后，我开着它跑报社，跑采访，去和朋友们聚会——享受着北美生活，享受着它带给我的美好！

常常，当我和它奔驰在北美大地，奔驰在高速公路上，迎着晨曦和晚霞，沐浴着星光与和煦的风时，我心中充满了无尽的感激。感激它来到我身旁走进我的生活；感激上帝安排了这样的一场相遇，感激孩子们，帮我完成了我人生中关于车的最后一个愿望；感激北美大地上的这份遇见！

遇见，是一份美丽，更是一份人生难得的经历！

写于2023年9月 加拿大 蒙特利尔
发表于2023年9月加拿大《华侨新报》副刊
同频《华侨新视野》

附：遇见……

（A）

遇见，是一份美丽。

找一个有趣的灵魂交往，寻一部爱车同走人生。

——题记

想起那天，我在海岛的车行里遇见它。它静静地卧在角落里，像一部尘封多年的老电影，等待懂它的人来。

瞬间的对视，我与它计算机解读数据库般，完成了两个星球的对白。我一直认为，车是有灵性的。灵魂与灵魂的对话不只局限于人类，有时候，也许比肉体的人要来得纯粹。

我走过去，拍着它的头说：跟我回家吧，以后我俩在一起！

午夜，我开着它一路奔驰在绿荫里，朝着家的方向……

感受着速度与激情，感受着海岛的星光与宁静。竟与它有一种相依为命的幻觉。从小到大我都是怕走夜路的，但那个午夜，有它为伴，我的心中竟生出几分惬意。脑子里闪过一个个欧美电影中关于人与车的情节镜头，然后定格……

次日，晨曦中我竟穿着睡衣长袍，带着它来到海边，向大海报个到。

晨阳隐在云层里，霞光依旧洒满海面。我下车迎着海风望着海面上初升的太阳，望向不远处大海里的灯塔……

海风吹鼓了我的长袍，吹起我的头发……

"我带它来了，大海！请给它起个名字吧。"

猛然间，一个名字出现在海面上："凯瑟琳·海伦。"

就这样，我以大海的名义为它起了名字。

这时，我听到海风吹过椰林的声音。树影婆娑，翩然起舞，阳光洒满海滩……

人与车，车与人也是有缘分的。我一直这样认为。

车行老板说，它在车行里很长时间了，来看它的人很多，四面八方。但终因各种原因，就是开不走它。

我想它是在等我！

之前，我并不知道飞越半个地球，我从北美回来，是为了遇

赤道南8度寻梦

见它。

遇见，总是美好的。虽然你不知道谜底是什么，但心中却充满渴望。

人与车的遇见如此，人与人的遇见呢？

写于 2016 年 8 月 海边小屋

生命不过如此

　　窗外的枫树叶泛红时，隔壁的老夫妻俩只剩下了老妇人。

　　那是几天前，我在花园里浇花，清晨见到老妇人挎着个大包，急匆匆锁了家门沿着我们房屋前的石板路向地铁站的方向走去。

　　我因跟她还不是很熟，所以没有主动搭讪。

　　突然有一天，家里断电了。女儿微信我，让去隔壁家问问情况。我因怕是自家的线路问题，晚上孩子们回来没电会很麻烦，便硬着头皮去敲了隔壁曾太太家的门。

　　曾太太是老广东，长得也很广东。由于年龄的原因，女性的特征已褪去不少。门开时，我自然看到一张中性广东人的脸，而且面无表情。

　　一刹那间，我有些后悔，不该来敲她的门。她说："没有，是雷雨的关系。"我"哦"了一声，没有再看她的脸。

　　几天后，我听女儿说，曾太太的先生中风了，被送到多伦多医院治疗了，并说她的儿女都在多伦多一家医院里当医生。

　　我明白了那几日浇花时看到的曾太太匆匆走远的身影。

　　九月，是北美旅行的好季节。我与美国博士在积极策划去班芙（Banff）的自驾游行程，忙得不亦乐乎。

　　临行的前一天傍晚，我正在给孩子们准备晚餐，女儿下班回来，推开家门对我说："隔壁曾老太的先生走了。"

赤道南8度寻梦

我顿时惊悚地站在那里,忘记了锅里的牛排在"滋滋"作响。

"从此,曾老太就剩下一个人了。"女儿说时脸上充满了同情。

我翻烤着灶上的牛排,脑子里又一次出现"孤雁"二字,心情低沉是自然。

女儿又说:"她儿子过两天准备接她过去住,她儿媳要生产了。"

我:"噢!"了一声算作回答。

女儿又说:"曾老太说一个生命去了,另一个生命来了。"

我知道曾太太没读过几年书,这么深奥的一个比喻竟出自她之口。

那晚,我在后花园里坐了很久,似乎想对曾太太表达我廉价的同情。我在等待曾太太的身影。从她先生生病后,她家的花园都是曾太太打理,我与她的第一次谈话就是在后花园里开始的。

但那晚没有,只有她家硕大的枫树和满天的火烧云。那云一层层泛着血红,把大半个天照得通红。

我和美国博士如期飞往 Calgary,相聚后在机场提车,然后向 Banff 前行……

这期间是一段难忘的洛基山(Rocky Mountains)记忆——

结束班芙(Banff)行程是 10 天之后。我拎着行李箱飞回 Montreal 家中,枫叶已红。两三天后,我看到曾太太的身影在后花园的花草间转动,她在给花草喷水。

曾太太终于又出现在花园里。我走上去,曾太太转过身,恰逢杰西卡(Jessica)燕儿般跑过来喊:"曾奶奶——"

曾太太高调地应着。我注意到,她的身旁还有一位长相酷似她的男人。我知道那男人是她的弟弟。她不在家时,这个男人经常在她家的花园里劳作。

我奇怪，转过身来的曾太太一脸笑容，仿佛什么都没有发生一样。

这让我廉价的同情无处安放。我草草地含混不清地说了几句，大意是表达我之前的不知情和对她的安慰。

曾太太的回答充满着笑意，像极了那天满秋的阳光，笑靥如花的一张脸怎么也无法让我和死亡联系在一起。

"唉，生命不过如此！"关上家门的那一瞬间我在心里这样想。

第二天，阳光依旧灿烂地洒满花园……

写于2017年9月 蒙特利尔
发表于加拿大《华侨新报》

赤道南8度寻梦

电影，人类灵魂的缩影

2022年7月29日，北美，盛夏，蒙特利尔——

第七届中加国际电影节开幕式暨颁奖晚会在加拿大蒙特利尔市中心的 LE MOUNT STEPHEN 酒店如期举行。

上午举办的纪录片论坛仿佛是晚会的前奏，给第七届中加国际电影节的开幕铺染了学术色彩。中国导演贾樟柯、张同道，加拿大著名学者彼得·瑞斯特，奥斯卡奖得主贝弗利·沙弗都在论坛上用自己的电影作品解读了电影这门光影艺术与人类心灵的内在关联。从电影艺术的角度，阐述了人类社会的进程与人类对电影艺术的心灵需求。特别是论坛提出了新的纪录片视角——文学纪录片。把以往光影对人类生活的真实描写加入文学的色彩，这应该是纪录片的一次全新的革命。文学从来就没有走进边缘，它在不同的领域里一直在扮演着它应有的角色——

终于，文学相遇了纪录片！

开幕式前，我们几家媒体人畅谈甚欢，特别是对中加国际电影节的创始人宋淼博士称赞有加。电影应该是她心中永恒的梦！从中国到北美，这个梦一直在她心里。她是北京电影学院毕业的高才生，移民加拿大后，她选择了计算机作为博士攻读科目，毕业后在康考迪亚大学教书。生活稳定后，她没有像一般的女性那样生儿育女，哺育后代，而是毅然地和塞尔吉·莫高夫（Serguei Mokhov）于2016年在加拿大蒙特利尔创办了这个中加国际电影节，至今已经举办了六届。看着她忙碌的身影，总让人想起大洋彼岸的祖国。这个电影节的创办，为国内的电影走向海外，搭建起一个顺畅的通道，一座美好的桥梁。在为祖国的电影业谋发展的同时，也实现着自己心中那个不灭的梦想。她是海外华人的骄傲！

电影节在狮子舞和腰鼓声中欢快地拉开序幕。中国驻蒙特利尔领事馆的陈总领事到会致辞，加拿大梅尔·霍本哈姆电影学院院长马丁·勒菲弗尔（Martin Lefebvre）、魁北克省国际关系和法语事务厅亚太处主任加希里耶勒·夏尔帝耶（Gabriel Chartier）以及华人社区的各界侨领等150多人出席了开幕式。

很高兴在开幕式前的酒会上结识奥斯卡得主，加拿大女导演贝弗利·沙弗（Beverly Shaffer）。她长得好美！虽然个子不高，却有着一颗博大的心胸。她的纪录片《我会找到一个办法》，是以一个残疾女孩在普通学校的学习与生活为背景，展示了沙弗作为一位女性创作者独特而细腻的视角。她介绍说纪录片拍摄很辛苦，主要是经费的来源问题，市场还是有的。她原是加拿大电影局的工作人员，她对电影市场的评估是可信的。

晚会上，最让我注目的是纪录片《白求恩之路》的加拿大导演、制片人和作家克雷格·汤普森（Craig Thompson），他拥有诸多中国题材纪录片的制作经验。

《白求恩大夫》也出自他之手。我注意到，他的身边站一个六七岁的中加混血小女孩。这是他和他的现任太太生的女儿。中加联姻，让他的电影事业也跨国联姻了。

白求恩是中国人的一个情结，更是我们那代女性心中的男神。对白求恩的缅怀也让我"利用职权"在《华侨新报》上为"走白求恩之

赤道南8度寻梦

路"活动给足了版面。故此，面对西人导演汤普森，我倍感亲切。也许，这是一种超越了种族的情感。为了那位把生命献给了中国的加拿大医生——白求恩。

我与汤普森和女导演贝弗利·沙弗约好了会后的采访，我想更多地了解他们，并通过《华侨新报》传播给广大的读者。

晚会进入颁奖环节时，本届最佳影片奖的演员莫言因疫情无法前往，还有姜武、卢燕分别通过视频发表了获奖感言。

影片《巧克力的和平》的主演，加拿大年轻演员 Ayham Obou Ammar 获得了本届电影节影帝称号，并在晚会上即兴演奏了他的弹拨乐。

这个中加电影节开幕式，没有国内电影节那般的奢华，没有获奖演员们那般的浓妆艳抹。与会者和主办方都是那样的简朴，落落大方。

电影，我们人类灵魂的缩影。它用光和影像记录下一代又一代海内外电影人的情怀，记录下我们人生中的酸甜苦辣，记录下社会的进步和我们的成长，它是我们心灵不可缺失的好朋友！

写于 2022 年盛夏（7 月）蒙特利尔
发表于 2022 年 7 月 加拿大《华侨新报》

盛夏里的电影庆典

七月,对于地处北美的蒙特利尔来说,的确是一个舒适的季节。鲜花蝶舞,树丛密布、绿茵覆盖了这座具有浓厚法兰西风情的城市。

北美人愿意称蒙特利尔为"文化名城"。是因为这座城市中除了随处可见的法式建筑和大批的法国后裔外,还有它的文化氛围。如果你住在市中心 Dang tang,你会看到每天不一样的文化活动,目不暇接。欧洲、北美、亚洲、非洲。似乎世界各地的文化节日都云集在蒙特利尔,一个接一个,从没停歇过。特别是人们熬过了漫长寂静的冬天后,这种夏日更是弥足珍贵。人们打好行装外出旅行,有坐飞机去欧洲环游地中海的;有开着自家房车去洛基山玩加斯珀的;也有带着狗儿驾车去海洋三省看鲸鱼在大洋上跳跃起舞的;还有带着野外宿营的帐篷和装备去冰岛看星空的……

五花八门的度假形式把夏季打扮得五彩缤纷。这是加拿大人享受生活的一种方式,是他们选择的一种活法,是居住在这块土地上的人们几百年来养成的生活习惯。

从八年前的夏天开始,两个爱好电影的年轻人做了一个电影项目——中加国际电影节(中加艺术科技联盟主办),一做就是八年。每一年影展上都会播出优秀的电影来。这些来自中国和加拿大本地的电影为蒙特利尔这个城市添加了许多艺术特色。热爱电影的人们在这个盛夏过足了电影瘾。

赤道南8度寻梦

  2023年7月14日在蒙特利尔久负盛名的帝国中心影院隆重举办的第八届中加国际电影节开幕式上播放了两部影片,一部来自中国,是由冯小刚和陈冲主演的故事片《忠犬八公》;另一部是由魁北克当地导演马丁·维伦纽瓦以他祖母为原型拍摄的一部带有轻喜剧色彩的影片《伊梅尔达的十二个任务》。

  影片中的祖母伊梅尔达是由蒙特利尔的一位男性喜剧演员马丁·维伦纽瓦扮演的,他同时也是这部影片的导演。他出神入化地将伊美尔达这位80多岁老祖母的形象活灵活现地展现在银幕上,不能不让观众佩服他幽默诙谐的演技和他对人物塑造的把握。能把一个活到百岁的古灵精怪的老妇人演得如此到位,可见他的表演艺术水准有多高了。十二个任务在这位由80岁生日开始到100岁的老妇人喋喋不休、唠唠叨叨的独自述说中缓缓铺展开来——

  电影宣传单上这样说:这部电影是从老妇人过80岁生日开始,讲述了老妇人伊梅尔达在百岁生日将至时,奋力完成她列下"十二项死亡愿望清单的故事"。

  惟妙惟肖的表演,不同于以往的老人形象。影片中,伊梅尔达是一位总处于亢奋状态的老妇人,絮絮叨叨,爱指责,爱抱怨,还常招惹麻烦,似乎很不招人待见。但正如她在片中的一句台词——"愤怒是生命的源泉",很耐人寻味。影片基调热烈活泼幽默,着力以一种诙谐轻松的姿态面对家族、生死等颇为沉重的话题。

  有观众表示,这是一部看似平淡,却含深意的影片,是导演和剧组向渐渐远去的老一辈的致敬。现在已经没有人像伊梅尔达老人那样说话和行事了,但他们那代人的思维方式和语言风格应该被后代记住,被历史记住,这也许就是本片的意义所在。

  我对这部电影有自己的观影感受,首先,影片通过80多岁的伊梅尔达总是让大儿子给她读她年轻时爱恋的情人给她写的一封情书,反反复复地读,直读到大儿子实在没有了耐心,她又强迫她的大儿子帮她寻找那位恋人的下落。费尽了心思。而当她百岁时,她的大儿子终于帮她找到了那位昔日的恋人,可那却是一块冰冷的墓碑。并且她的大儿子告诉她说,墓碑里的人终生未娶,孤独终老。伊梅尔达痛苦不堪,掩面而泣,后悔当初没有坚持自己的选择,而是顺从母亲的意愿嫁给了一位有钱人。这是电影的高潮部分,也是发人深省的精华部分。它在以一位百岁老人的讲述,告诫天下的男女,财富永远不是人生唯一的幸福选择。其次,这部影片给到观影者的思考是什么才是真正的幸福人生?

影片结束时,已是傍晚。街灯高照。我与同去观影的朋友边走边聊,对这个问题,我俩的观点竟然绝对的一致:过自己想过的生活,成为自己想成为的人。这样的人生应该是幸福的。

不论在哪里生活,也不论是高低贵贱,只要这一生让自己满意,在自己能够掌控的范围之内,尽最大限度地满足自己的愿望,听自己心跳的声音……

夜色阑珊,夏夜的风吹过额头,多么美妙的一个北美的夜晚啊!

写于2023年 盛夏 蒙特利尔
发表于2023年9月《华侨新报》
同频《华侨新视野》

赤道南8度寻梦

他们的故事

　　移民就像围城。外面的人想进去，里面的人想出来。可是当进去的人想出来的时候，往往他们已无力推开那扇出去的大门……

　　中国的移民潮从 20 世纪就已经开始了，沿海一带居多。作家陈希我说从他爷爷那辈就开始"跑路"了。那时的中国还很穷，"跑路"的人大多是为了生计。

　　我在海岛小住时访问过一些老华侨，也探访过一些他们当年回国修建的老宅。比如博鳌小镇附近的"蔡家宅"就是当年蔡家四兄弟下南洋挣到钱后回到故乡建筑的中西合璧的几套宅院。虽然现在已经闲置多年，成为当地政府的保护文物，但从那老宅里你能探访到中国早期移民海外那些华侨的足迹，能嗅到他们当年的艰辛和不易。

　　那天，我们沿一条很深很远的水泥小路向绿荫深处走了很长时间，才寻找到了这座掩映在椰林中的老宅。

　　听照管老宅的那个蔡家本族年轻人说，所有的建筑材料都是当年从印度尼西亚运回来的，除去水和泥土之外。我还真是佩服蔡家的兄弟们，那么大的四套宅院所需的建筑材料不是闹着玩的。也许是因为他们在印度尼西亚做的是航运生意，有这个条件从水路将所需的材料运回来。那也是何等的艰难和壮观。写此文章时，我的两位画家朋友正在印度尼西亚文化旅游，她们在朋友圈子里发了许多的照片，那些照片上都是当年移民到海外的七八十年代的人。朋友说印度尼西亚的现在就像国内的 80 年代，人很淳朴，自然环境非常好。我想他们当中的一些人，很可能就是当年漂泊海外的老华侨们。我不晓得他们知不知道现在中国的发展。据说，当年下南洋的人多数在新马泰印度尼西亚一带。留客村、印度尼西亚村、南洋村。海南岛上有不少以海外地名命名的村落。

现代人出国不再是下南洋，而是去欧美洲了。但我却很少听说哪个留学回来的人回到家乡建什么村，盖什么宅了，很少。旅居北美后，我才发现他们其中的很多人其实是没有那个经济实力，有的人甚至连维持生活都很艰难。断断续续的采访一些人后，很长一段时间，我都无法让自己平静下来。躺在北美的夜里，翻来覆去睡不着，想着女儿，想着他们——

第一次出游的老华侨赵氏夫妇

我是在一次旅行中认识他们夫妻的。严格地说，他们是我在蒙特利尔采访的第一对华侨夫妻。

赵氏夫妇三十年前移民加拿大蒙特利尔，这是他们移民后的第一次出行。我问他们为什么。

赵先生说："不为什么，就是走不开。"

我又问："二三十年了还走不开吗？"

赵先生答："从来到加拿大就开超市，一直开到现在。这回要不是不干了，还出不来呢。"

原来，赵氏夫妻把他们经营多年的超市卖掉了，所以报了旅游团，出来轻松轻松。

赵先生："二三十年了，哪都没去过！"赵先生说着仰起脖子

"咕咚咚"使劲喝了一大口矿泉水。

赵先生身材魁梧，个子虽不高，却很有男人风度。一身的休闲服里能够找到多年居住海外的痕迹。赵太太属于那种典型的湖北女人，浓眉大眼，个子不高，但身材却很壮实，一看就是一把干活的好手。如果他们不说，我真猜想不到，他们居然是红遍大江南北的电脑大王。那个时代，电脑可算是国内最火的电子产品了，试想掌控几个省市及整个国内的电脑市场会有多少挣钱的机会。

我："挣到钱了，所以移民了。"

赵先生："不知天高地厚呗，口袋里有了两个钱，就不知咋嘚瑟好了。"赵先生自嘲。

我："后悔吗？"

赵先生："后悔有啥用呢？谈不上后悔不后悔，咋看吧。"

一路上，赵氏夫妻都很节省，除去团里的集体用餐，他们几乎不买什么东西吃。水也是每天晚上住宿酒店里灌到事先准备好的水杯里的。旅居的时间长了，我才知道，节省是全体海外华人共同的一个特点，他们绝不会轻易花掉一分钱。可以说，每一笔花销都在事先的计划里。

后来我们到了一个很大的苹果派工厂，大家都下车去选自己想要的食物。商店里，我和赵氏迎面碰上，她手托着一个很松软的大个面包。我随口说："早餐。"

赵太太："不是。给我女儿带回去，让他们当早点。嗅着味道不错。"

我说："那你们呢？你们不吃吗？"

赵太太："我们——我们随便吃点儿什么都行。"

因为离开车还有一段时间，我和赵太太闲聊起来。（其实她不知道我是在做采访。）才知道了他们这些年的不容易。不但有生意上的压力，还有心理上的，更有来自她女儿那里的。

赵氏夫妻当年万万没想到出国之后，他们只能开一家超市，如果一开始就知道的话，我想他们是不可能移民来加拿大的。几个省的电脑总代理，那时有多牛，不用说大家都晓得。

"哪知道来后这个样呢？要是知道的话打死也不来了。在国内干电脑多好，多风光呀！"赵太太终于说出了心里话。

这世上又有谁长了后眼呢？人都是经历过了才明白的。但往往又是当明白了一切都晚矣，回不去了。

赵太太说她们唯一的安慰就是把女儿带了出来。可是带出来后又怎么样呢？

赵先生的法语很好，每次团餐时他都和那些蓝眼睛黄头发的西人搭讪，然后逗那些西人的孩子们玩。但抱起来的都是黄头发蓝眼睛的小女孩。

赵太太："他可喜欢小孩了。"

正说着，赵先生举起邻座的一个小女孩对我们说："我小外孙女就长这样。也是蓝眼睛黄头发，梳两个小辫子，可爱极了。"

听了这话，赵太太的眼圈突然一红："可爱有什么用，人家也不让你带。去看一次还得事先打电话预约。"

我："怎么会这样？"

一句话触到了赵太太的伤心处，眼泪噼里啪啦掉下来，我赶紧递过几张纸巾："慢慢说，别哭。"

原来赵太太的女儿嫁的是个老外，婆家很多讲究，女婿也不喜欢和这对中国的岳父母有过多的往来。如果赵氏夫妇想他们的女儿或者是他们的小外孙女了，那一定要提前两天打电话预约。然后按着指定的时间登门拜访，而且待的时间不能长，更不喜欢他们留下来吃饭。

赤道南8度寻梦

洋人女婿说，岳父母来打扰了他们正常的家庭生活。赵太太想女儿，更想外孙女，有一次就忘记了这些西人的清规戒律，贸然去了。结果惹得洋女婿很不高兴，并向她的女儿提出强烈抗议。

让赵太太伤心的还远不止这些。有一次过春节，赵氏夫妻去看女儿和外孙女，本想一家人在一起吃顿团圆饭，可是洋女婿不同意。理由很简单，春节不是他们西人的年。女儿怕父母伤心，好说歹说婆家才同意他们留下来。可是在餐桌上，当赵太太给心爱的小外孙女夹菜时，问题又来了。婆婆和洋女婿都一致地制止了赵太太的行为，并告诉小外孙女不要吃姥姥夹的菜，因为脏，有细菌。赵太太说，那天回到家，她伤心地哭了好长时间，弄不明白她到底错在了哪里？为什么？赵太太说，她特别羡慕国内的那些姥姥奶奶，想啥时看（外）孙女就啥时去看，想怎么看就怎么看。

真没想到，很自然的天伦之乐对赵氏夫妻却这么遥远，这么艰难。

我看着赵太太手里小心翼翼托着的那个香味四溢的大面包，心里有些不是滋味，她要一直托着才能保证那块大面包不被碰碎，而往回返还有很长的一段路程。且我不知道回去后她是不是还要先打电话跟女儿预约了才能送过去。赵太太告诉我说，他们的房子和女儿的房子仅隔一条街。他们是特意在女儿家附近买的房宅。

几十年的操劳，养大了女儿，供女儿读完了大学找到了工作嫁了人，结婚生子。而几十年的操劳换来的却是一张女儿的预约门票，有哪个当妈妈的心里能好受呢？

她失去的不是一个女儿，一个外孙女，而是他们在加拿大唯一的生存寄托。移民三十年，他们唯一的安慰是把女儿从国内带了出来。而带出来了又怎么样呢？

返回蒙城的那天，天空下起了毛毛细雨。赵太太怕雨水淋湿了面包，解开上衣的扣子用衣襟挡雨。望着他们夫妇渐渐走远的背影，我的心里说不出的一阵难过。为天下海外的华人父母！

细雨落在我的脸上，然后往下流淌……

写于 2010 年秋 加拿大 蒙特利尔
发表于 2022 年加拿大《华侨新报》

开杂货店的高级汽车设计师陈迅

刚来蒙特利尔时，我们住的公寓旁边有几个不错的公园。闲暇时我常带杰西卡去那里玩。

离家最近的这个公园不大，但在住宅区里，所以每到晚上吃过晚饭后，大家都会带着孩子去这个小公园乘凉。大人们聚在一起聊天，相互传递一下最新的信息。孩子们在一起荡秋千，玩滑梯，攀岩壁……日子长了，那不大的公园就成了那个区华人们的聚集地。

我就是在那小公园里认识了汽车设计师陈迅先生的。

陈迅先生是上海人，在国内读的清华理工，毕业后分配到上海第一汽车制造厂当设计工程师。他十分热爱那个设计工作，热爱汽车行业，抱有一腔雄心大志，要设计出更好看、更立体的汽车来。他甚至对这一行有点痴迷。我问他既然那么热爱汽车设计工作，为什么还要移民呢？上海第一汽车制造厂不是很好施展才华的地方吗？

"那个时候不太懂，也不知道外面是什么样子。只是听人家说海外多么多么好，所以就想着出来发展看看了。"陈先生腼腆地微笑说。

"那你出来后发展得怎么样呢？好吗？"我直截了当地问道。

"没有啦，哪里有什么发展。"陈先生似乎有点不开心。

"没有做原来的专业吗?"我又问。

"没有。"陈先生淡漠地摇摇头。

"那你们靠什么生活呢?"

"开了一个 variety store(杂货店)。"

"噢,是这样。"我沉默了一下又问:

"生意好吗?要不要帮你召集华人去你店里买东西?"

"不用。这里的西人特别爱喝啤酒,我每天开的时间长,下半夜才关店。来买酒的人也挺多的。"

"维持生活没问题吧?"我关心地问。

陈先生笑了,很自信地说:"那是没问题的。就是时间长,有点儿熬人。"

"你们几个人开这个小店呀?雇了外人吗?"我关切地问。

"没有请外人。就我和我爱人两个人做,所以比较累。"

陈先生又笑笑,话说得慢吞吞的。他长得白净,一笑起来露出一口洁白的牙齿。随便穿着一双凉拖鞋,衣服也很随意。这是一个典型的上海男人,个子不高,白净的脸,属于会做家务、疼老婆的那种,可是他却误判了自己的前程。

"叫阿姨!"陈先生搂过跑过来的小女孩说。小女孩长得很像爸爸,也是白白的皮肤,胖乎乎的。

"不是阿姨,是姥姥!"

我笑着纠正。陈先生不好意思地笑了,脸涨得通红。

"是技术移民过来的?"我问。

"对,技术移民。别人办的时间很长,我办时很快就批下来了。没想到那么快呢。"陈先生说着,若有所思。

"可能是你递交的资料太优秀了吧,人家一看是个了不起的人才呢，所以赶紧批了吧！"我笑着调侃道。

陈先生也笑了："谁知道呢。"

"在国内是高级工程师吧？"

"嗯。"

"你那么喜欢汽车设计，又是高级工程师，移民到这儿扔了专业，没了自己的追求，你不觉得可惜吗？"我知道这话问得有点犀利，但我还是问了。

一句话似乎问到了陈先生的痛处。他原本笑眯眯的脸孔一下子沉下来，眼睛也失去了原有的光泽。好半天，他都没有说话。我注意到，他的目光望向远方，好像陷入了沉沉的冥想里。

那一刻，缄默。

少时，他低下头，随手拾起一根草棍，在地上画着……

我没有追问，也没有说话。时间似乎在我们两人之间静止了。我不知道他在画什么，是他纷乱的思绪？还是被我搅动的心梦？抑或是那些他曾经画过的汽车设计图？

当他抬起头来时，我发现他的眼睛里噙满了泪水。

"Sorry！"我抱歉地说。

我和陈先生的那个话题到此打住了。因为我不知道应该如何再继续问下去。我转变了谈话内容：

"你爱人在国内是做什么的？"

"教师。"他的声音很低，低得我勉强能够听到。

小女孩带着杰西卡跑回来，我们把话题移到了孩子身上。

"你们还想再要一个吗？"我问。

"你女儿呢？还想生吗？"孩子的话题让陈先生缓过神来。看得出，他是一个非常喜欢孩子的爸爸。

"会。他们准备要第二胎。一个孩子太孤单了，特别是在这里。"我说道。

"你们呢？也准备要老二吧？"我问他。

"两个哪能行呢？反正这样了，也不愁养活，就多要几个嘛。我们至少要三个啦。"

"嚄，原来你这么想呀？"

"这里生活是没有问题，也没什么事嘛，多养育几个孩子啦。"

"也成。堤内损失堤外补。"我开他的玩笑。

他笑笑没言语，表情恢复到一开始的状态。

他的女儿养得白胖白胖，小胳膊小腿都硬硬的，肉很结实。

"怎么喂养的？我们家杰西卡不愿意吃青菜呢。怎么喂都不吃。"

说到这个话题时，陈先生的话多了起来，向我详细地传授着育儿的经验。怎么把绿菜放到食物里引诱孩子吃；怎么用榨汁机把各种水果搭配好搅出来……

谈兴正浓时，孩子们笑着跑过来，拉着我们去荡秋千。我们各自抱起自家的孩子向公园绿荫处的秋千走去……

刹那间，公园的天空上回荡起孩子们开心的笑声……

入夜，躺在床上，陈迅的身影总在眼前晃动。特别是他把头伏在两腿间用小木棍划拉沙子和猛然间抬起头来那双噙满泪水的眼。

那之后，我没有在公园里再碰到陈先生。也许，他是在有意躲避我，抑或躲避那段他不愿意回首的往昔！

写于 2012 年 加拿大 蒙特利尔

发表于 2022 年加拿大《华侨新报》

因婚姻移民的青青

青青是通过婚姻移民来到加拿大的。

她三十岁那年,通过一个朋友的介绍在网上认识了现在的老公乔峰。一年多的网恋后,她与乔峰确定了婚姻关系,然后乔峰带着在加国所有的手续回国娶了青青。

他们没举办婚礼,把钱省下来去美国夏威夷作了一次蜜月旅行。随后,青青办理了婚姻移民。

青青的老公是搞电脑网络的,出去得早,几年前就入了加拿大国籍。在加拿大这边和他的几个国内同来的清华同学开了一家电脑网络公司。开始做得挺不错,头两年还小挣了一笔,这对刚刚移民到加拿大的青青来说很是知足。确实,在那些技术移民来到加拿大的青年人当中,他们不论从生活上,还是事业上都算是好的。国内的同学们都羡慕青青,青青自己也感到十分的幸运。青青的母亲在她很小的时候就因病去世了,找到一个这么能干的老公,青青终于有了依靠,重新找回了家的温暖。

北美这边的土地辽阔,人稀少,但网络电子业发展得却很迅速。毕竟紧挨着美国。乔峰的公司是几个志同道合的年轻人一起创办的,很像电影《合伙人》。可是没承想,两年前却因一场意外的官司破了产。这时的青青已经有了一个儿子奇卡,三岁。

"怎么会这样呢?"

"飞来的横祸,猝不及防。"

那时,青青他们在蒙城已经选好了一幢独立屋,正张罗着办过户手续。公司的破产让他们在北美的别墅梦也跟着流产了。青青带着儿子和老公只能继续住在原来租的公寓里,并将房子的另一间腾出来收了租金。换句话说,就是他们与别人合租了。

　　青青有个哥哥,三十大几的人了不出去工作,整天窝在家里搞文学创作,说是要一鸣惊人,可是却从没见他发表过什么作品,青青辛苦挣来的钱每个月还要贴补哥哥一些。后来,官司判下来了,公司的几个人都背了债务。无奈之下,青青带着孩子回了北京。为了照顾儿子,青青在街道办事处找了一份比较清闲的工作,每月3000元人民币。青青带着儿子在国内过着捉襟见肘的日子,她和乔峰也不得不分居两地。

　　青青说,公司刚出事时,她天天晚上陪着乔峰不睡觉,整个人熬得跟黄瓜似的。家里能变卖的都卖了,就剩下三个大活人了。

　　青青劝乔峰回国,最起码北京有家有房子,什么都不愁,随便在中关村找个工作也能维持生活。可是乔峰死活也不答应,一个人在加拿大苦苦地撑着。乔峰和那几个同学不甘心,说要东山再起。

　　这样一过就是两三年,青青的儿子奇卡到了上小学的年龄。因为是外国籍,学校要另收费,急得青青四处托人找关系说情。在费尽了周折将费用减半后,奇卡才进了学校的大门。奇卡回来的时候是三岁多,法语、英文还都处在启蒙期,在加拿大幼儿园里说的是法语,但每天要上英文课。刚刚萌芽的语言到了国内全部作废,一切从头开始。好在青青平时和奇卡说中文,再加上小孩子适应能力比较强,奇卡就以一个外籍孩子的身份上了离家不远的一所小学。

　　北京的一个秋天,我回到国内。约了青青在西单图书大厦见面。买完了所需的书后,我们到附近的一家星巴克坐下来,每人点了一杯卡布奇诺。

　　"怎么样?过得还好吧?"我问。

"其实还是国内生活比较容易，没有那么辛苦。"

"你没发现中国正在大踏步地前进吗？"我说。

"是呀。哪儿都熟悉，办事也方便，不像在国外人生地不熟的。"

"毕竟是自己的国家嘛，从小长大的地方。"我竟有些怀旧。

我们喝着咖啡，看着窗外。北京的秋天是美丽的，银杏树的叶子在秋阳下泛着诱人的光芒，秋风轻轻地吹着，天高云淡。

我的文人情怀又来了："真好。天高云淡，望断南飞雁。我很喜欢北京的秋天，春天风沙太大。"

青青的神情淡然中透着迷茫。我知道她的心思，乔峰坚持不回国，她一个人带着孩子，日久天长总不是那么回事。

"不然，你劝乔峰回来吧？"我试探地说。

"他很坚决，这么多年他也没回来一趟。"

"孩子也不能总见不到爸爸呀。"

"奇卡对爸爸的印象只是在电脑屏幕上。"青青的表情很无奈。

"回来时，他还太小了。可是总不能老是这样两地呀？"

"那又能怎么样呢？现在他挣的钱连还债都没还完呢，你说我们怎么回去？回去了怎么活呢？"

"唉——怎么就弄成了这样呢？"

"命！"

"你怎么也信这个？"

"记得小时候我妈就说我这孩子命不好，你看嘛。好在国内，我爸能帮帮我。"

"你爸身体还好吗？你那继母怎么样？"

"她对我爸倒是还行，这些年两个人过得挺好的。"

"那就好。不然你更惨了。"

赤道南8度寻梦

……

没想到那次我和青青见面不久，一场突如其来的横祸彻底改变了青青的人生。

事情发生在那年的冬天。乔峰驾车从魁北克回蒙特利尔的路上，大雪天，车窗视线模糊，再加上乔峰本身又高度近视，车轮子在路面上打滑，怎么也刹不住，眼看着与迎面驶过来的一辆大货车撞了个满怀，乔峰的头部受了重伤。

青青将奇卡托付给父亲后，连夜飞往加拿大，一路上泪流不止。

乔峰再没有醒过来，整个意识处于沉睡状态，眼神空洞迷茫，并失去了语言能力。医生说，是头部受重撞后，脑神经被大面积破坏，恢复记忆的可能性为零，生命能保留下来就已经是个奇迹了。

在加拿大治疗一年后，青青准备带乔峰回国。

那天，蒙特利尔机场——我们一行人前去送行。乔峰躺在担架上，目光空荡地看着天空。

飞机起飞了，在我们头顶轰鸣着飞过。我们一行人站在机场上，望着飞上天空的他们，心中默默为他们祈祷祝福。

我们驾车从机场回市区。一路上，大家都不说话，一车厢的缄默。每个人心里都沉沉的，每个人都在想着自己的心事。

许多年，乔峰执意地在海外打拼，他绝想不到会以这种方式回国，如果有一天上苍开恩让他醒过来，他会如何面对这一切呢？他能接受吗？

年轻的青青怎么办呢？还有那个不谙世事的奇卡？

写于 2021 年初春 加拿大 蒙特利尔
发表于 2022 年春《华侨新报》副刊

不断被辞退的女工程师迪雅

女工程师迪雅是几年前我在多伦多转机时遇到的好心人。

2015年9月之前，不论是加拿大航空公司还是中国国际航空公司，都没有直飞蒙特利尔的航班。所以每次回国往返都要转机，或者是多伦多或者是温哥华又或者是美国。第一次回国时，我选择的是从多伦多转机。离走还有好几天呢，我的神经就开始高度紧张，总是有一种不安全感闹得我心里慌慌的。紧张，我知道是因为自己太紧张了。但又无法克制那种情绪，有时半夜会一下子醒过来，然后再也无法入睡。我对女儿说："赶紧走了吧，不然我的神经要崩溃了。"

女儿笑我："走南闯北的人，这下子傻了吧？其实很简单，不像你想象的那么难。再说你可以找同行的华人问问。"

"如果碰不上华人呢？那岂不是麻烦了吗？"我知道蒙城的华人占全加拿大华人的最少数，因为这里说法语。不像多伦多和温哥华全民使用英语。

在忐忑不安中我走进机场，换了登机牌，过了安检，来到登机口等待。四周望望，竟没看到一张熟悉的亚洲脸。心里一阵紧张："怎么办？"从蒙特利尔起飞后到达多伦多需2个小时左右，在多伦多转机时可以使用的时间也是2个小时。如果需要重新取行李，那时间就很紧迫，再加上我对路线不熟悉，连下了飞机去哪里取行李、去哪里找登机口都不清楚，那可真是惨了。我不安地站起来，想镇定一下自己的情绪。女工程师迪雅就是在这个时候走进了我的视线。

她四十七八岁，中等个子，短发，微胖，戴一副近视眼镜，看上去有些疲倦。我注意到她穿着一条半旧的牛仔裤，一件半旧的冲锋衣

赤道南8度寻梦

和一双已经磨损的旅游鞋，手里拎着一个黑色的双肩包。她径直朝我坐的长椅走来，然后放下双肩包。

"China？会讲中文吗？"我转头看着她微笑地问。

"是的。我是中国人。"女工程师面带微笑地答。听到熟悉的母语，我那颗忐忑不安的心一下子踏实下来。交谈就这样自然而然地在蒙城机场的登机口开始了。我看了一下表，离飞机起飞还有40多分钟，这就是说我有足够的时间和她交谈。

首先，我解决了在多伦多的转机问题。女工程师说她那时还有时间，可以送我过去。其次，我可以在和她的交谈中更多地了解蒙城华人的生存状态。也许是职业使然。

女工程师迪雅是电子双学位博士，在国内的一家知名国企里有着一份让全国90%以上妇女都羡慕的工作和薪金。她曾经做到那家大企业的技术高管，并且有望在一两年内进入核心领导层。可就在这时她办理了加拿大技术移民。很多人都为她惋惜，但那时的她像着了魔似的往外挣。

"那时也不知怎么了，一门心思想出来，谁的话也听不进去。"熟悉的北京话增加了我们之间的亲近感。

"我家住朝阳。"我先自报家门。

"我家住东城区。"她说。

"住东城的不是大学教授就是工程师。"我笑着调侃。

她被我的话说笑了，但那一丝笑容只在她疲倦的脸上打了个滚就消失了。

"很累吗？看你很疲倦。"我关切地问，也是想借此把话题拉开。

"唉，能不累吗？刚做完一个软件，眼都没眨就赶紧跑来了。我女儿在多伦多上学呢，我过去看看她，给她送两件衣服。"

"你孩子不大啊？"

"是的。我们要孩子晚。那些年又是上学又是工作，顾不上。我北京的一些同学，有的都当姥姥了。"女工程师说完取下眼镜低头擦拭。我发现那是一双很漂亮的眼睛，只是因为长期戴眼镜而变了形，不过搞理科的基本上也都这样。如果要是眼睛上不戴着一副高度近视镜，别人还怀疑你的真实性呢。国人从小都是不大注意眼睛和牙齿保护的。

女工程师迪雅告诉我说，她工作得很辛苦。不但干一些最累、技术含量最低的工作，还不停地被公司辞退。移民到加拿大后，她最大的也是最常干的事情就是不停地往各公司投简历，找工作。这一点我深有感触，不论我的女儿女婿还是我身边认识的华人朋友，投简历找工作成为他们生活中一个重要的组成部分。女工程师说她每次被辞退的原因都是因为裁员。"一碰到这种事，走的首先是华人。"这么多年，她从来没有干过在国内干的工作。她说："业务快被丢掉了。"

"西人公司对华人还是有歧视的。他不会把重要的东西交给你做，高端区域都是他们自己人，你永远只能做一些边边角角不重要的事情。"

"那你的专业不浪费了吗？"

"唉，这些年，基本丢得差不多了。"

"真可惜！"

"有什么办法。"女工程师迪雅说到这里一脸的无奈。

"没想过回国吗？"

"怎么回呢？当年走时那么坚决，现在又回去。"女工程师迪雅叹口气摇摇头。

"你原来的单位知道你现在的状态吗？"

赤道南8度寻梦

"不知道，怎么可能让他们知道呢？他们以为我们在外面过得好着呢！"

"其实在外面过得不好就回去嘛，不过是面子上的一点儿事，但总比在这里受罪好呀。"

"没法回去了！"

女工程师迪雅的目光望向远方。那目光一下子让我想起一个人来，那个酷爱汽车设计，却跑到蒙特利尔开杂货店的陈迅。

"何必呢？"我心里不自禁地又冒出这句话来。

"你爱人呢？他的工作还好吧？"

"我们俩一样，这么多年都在到处打工。"

"怎么这样？你们来之前没了解一下这边的工作情况吗？"

"完全是在一种盲目的情况下出国的。没想到会是这样。"女工程师迪雅的目光又一次暗淡下来。

"孩子还好吧？"我问。

说起孩子，女工程师的神情明显好转："她很好，在多伦多读大学，很努力，成绩全优，每年都能拿到奖学金。"

"真棒！"我由衷地赞叹。

"也只有寄希望于她了。这么多年能撑下来，唯一的安慰就是她了。"

"可怜天下父母心哪！"我说。

"好多年没回国了，听说北京变化可大了。"

"是的，北京这几年变化特别大，可以说是翻天覆地。城市建设越来越好，国际大都市的味道越来越浓。我是两年前回去的，好些地方都不敢认了。"

"是吗？真想回去看看。"

"那就回嘛，现在的机票也不算贵。"

"哪有那笔闲钱呢，女儿虽然有奖学金，但是女孩子嘛，还是需要花销的。再加上每月的房租。"

"还没买房？"

"哪里能买得起呢。刚来时找不到工作，到处打零工，挣的钱不够交房租的。这几年我爱人身体不好，干不了重活。只靠我一个人在外面工作。前些年加拿大的房价没这么高，原打算攒几年钱再买，可是现在房价又被华人炒得一年比一年高。"

"你爱人身体怎么了？"

"刚来时在超市里打工累伤了。每天搬运冻猪肉，他哪干过那个。"

"怎么会这样？他不是高级工程师吗？"

"工程师又如何呢？刚来时人生地不熟的。从国内带来的那点儿钱很快就花完了，没办法我们俩只好去打零工。他在一家超市，我在一家蛋糕店。"

女工程师迪雅的话让我想起文学出版社何老师写的那本《中国教授在纽约》的书。书中他就是那个刷盘子的中国教授，但那只是他的一段生活体验，而不是移民后的工作。

没想到飞机在蒙特利尔延误了，到达多伦多时不论她的时间还是我的时间都很急迫，因为她要赶她女儿学校的班车，我们俩跑着穿过候机大厅，她把我送到一个长长的通道口："不好意思，只能送你到这里了。你就顺着这条道往前走，一直走到头右转就到了。"然后我们匆忙挥手，竟连个道别都没顾上。

跑了几步，我突然意识到什么，猛然站下回头找她的身影。只见她那粉红色的冲锋衣在拐角处一闪就看不见了……

突然有种离别的愁绪，心头酸酸的。

我责怪自己竟没有留下她的姓名和电话，不然在她苦闷的时候我是不是可以约她出去聊聊？也许我们还会成为很好的朋友。最起码能让我有机会感谢她，哪怕只请她去蒙特利尔老街喝一杯法式咖啡呢！

这成了我海外生活的一件憾事，每每想起都觉得对她心存感激和歉意。我后来宽慰自己，也许哪一年的哪一天，我还会在机场遇见她，或者在蒙城的大街上抑或加拿大的某个地方，到那时真希望她过得比现在好。为此，我心中充满了对下次相逢的期待！

移民海外到底是为了什么呢？我们为什么要离开自己的家园到别人家的土地上去求生存呢？

这个命题又一次出现在我的脑海里，自问，我却自答不上来。

我想，女工程师迪雅也一定问过自己这个命题，在夜深人静的时候；在她一次次被西人老板辞退的时候；在她想起曾经在国内的那些高光的时刻；在那些让她引以为豪和骄傲的科学研究成果面前；在她为生计疲于奔命的现在，她一定会问自己，她能找到答案吗？

写于 2015 年深秋 加拿大 蒙特利尔
发表于 2022 年 12 月 29 日加拿大《华侨新报》

穿越时空的忧郁

——访加拿大华裔电影女导演和晓丹

2022年6月5日，加拿大蒙特利尔电影资料馆出现一票难求的现象。电影资料馆正在上映加拿大华裔电影人和晓丹拍摄的纪录片——《我的父亲和他的忧郁》。

一位从中国云南纳西族走出来的女孩，经历了北美20多年的风雨后，带着她的团队返回故国，在丽江她父亲的祖屋，用电影镜头记录下他父亲倾其一生都在维护的东巴文字和纳西族文化。她说是传承也是忧郁。在这新文化激进发展的年代，没有人能阻止旧文化被取代的社会趋势。但是，她用手中的笔，把纳西文化、东巴文字以及她父亲的忧郁都写进了电影；她用镜头，让纳西族文化以及那些像画一样的东巴文字保存下来，并传播给世界。这是一位海外电影人对中国文化意识的自觉，是超越了家族的一种文化大爱！

在影片即将放映前，我们《华侨新报》一行三人就纪录片《我的父亲和他的忧郁》对和晓丹进行了一次短暂的采访。

记者：是什么原因促使你拍这部片子？

和晓丹：我在北京上完电影学院后就想做这个片子了。我爸爸很打动我。作为少数民族学者，他对纳西族文化的热爱，对东巴文字的保护，投入毕生的精力维护纳西族文化的传承很不容易。哪怕这个人

赤道南8度寻梦

不是我爸爸，我也会去拍这部片子的。我想通过这个故事，让更多的人了解纳西文化，虽然小众，但它也是弥足珍贵的。我从小没有在丽江长大，很遗憾我不会说纳西话，我想用这部片子给自己的民族做一点儿微薄的贡献。影片被选入魁北克电影资料馆放映很不易，它将被永久馆藏。这对于华人的电影作品极为少数，我也是加拿大第一位获得政府资金拍摄故事长篇的华人移民导演。这部电影是我写给爸爸的一封爱的家书，是我对家乡爱的一份表达！

记者：这是你拍的第几部片子？是你自己编剧和导演的吗？

和晓丹：第五部。长篇第二部，第一部是故事片《春色撩人》。这些片子都是我自编自导的。北京电影学院制片专业结束后，我就转入了编导领域，从此开始电影创作。

记者：通过拍摄这部片子，你对父亲的了解有变化吗？

和晓丹：我父亲毕业于北京的中央民族学院，最早是从事诗歌小说的创作，后来成为一名纳西文化的研究学者。我从小就和父亲关系很近，以前零零碎碎地对他了解一些，但没有这么系统地进行梳理。这次拍片，系统性地进入他的精神世界里，品味他念念不忘的纳西文化、东巴文字，像是在给他画一幅精神肖像画，既写实又写意。我想与他拉开一点儿家人的距离跟他对话，这时候的我不仅是女儿，还是一位采访者。把声音交给他，听他讲他的村庄，他的童年，他的家族和他走过的道路以及他心灵深处的声音，最后请他说他对人生及命运的总结。我们的对话很轻松，他那年80岁了，折腾他很累，他也常说："不拍了，不拍了。"如果那年不拍，今天已经拍不出这个效果了。

记者：从策划到拍摄到剪辑再到最终电影完成，一共用了多长时间？

和晓丹：从构思，写提纲，申请资金到拍摄，剪辑，一共用了4年。

记者：你提到申请资金，请问这部片子的资金来源？拍摄团队是请国内的还是加拿大这边的呢？

和晓丹：这部片子的资金全部是由加拿大艺术委员会和魁北克文化事业发展基金会共同资助完成的。非常感恩！因为这是与加拿大、魁北克毫无瓜葛的一个题材。拍摄团队都是加拿大这边的。在丽江拍摄了整整2个月，回来后剪辑用了2年时间。

记者：请问下一部片子你打算做什么内容呢？是纪录片还是故事片？

和晓丹：现在手里有3个项目，都是挑战性很大的故事片。

记者：也是自己写的剧本吗？你用哪种语言写作？

和晓丹：是的，都是自己编剧。我用法语写作，因为申请资金时要呈递剧本，必须是法语。

……

采访在一大群涌进大厅的观众的热切问候中结束。

电影放映后，晓丹导演又开始了与观众的互动环节。座无虚席的电影放映厅里观众的问答很热烈。有专业人士，也有电影爱好者，有年轻人，也有老外，晓丹导演中文法文双语交替进行着解答。

看着她几天下来疲惫的身影，不禁感叹做电影人的不容易。她的那份执着，那份认真，那份对电影的热爱以及全身心的投入，都是值得赞美和歌颂的。她用她的电影在为海外华人争光，在为身后的母国向世界述说着中国文化的博大和少数民族的璀璨！

她用她的电影行动，回答了父亲的那句话："你不用遗憾不会说纳西话，你不用走我的路，你要做你自己，走你自己的路！"

赤道南8度寻梦

电影的结尾定格在丽江的风雨中，是一个和晓丹撑着雨伞紧搂着父亲向远处走去的背影。这镜头深远且悠长，让人回味无穷！

我们真诚地企盼和晓丹导演早日拍出她的"无依之地"，向更高的目标，向更美好的梦想一步步靠近再靠近！

后记：2023年初夏，《华侨新报》部分作者在蒙城大荧幕观影厅里，观看了和晓丹的处女作电影《春色撩人》。这是2023年蒙特利尔韩国电影节的影展上唯一一部非韩语电影。之后，《华侨新报》以沙龙的形式推出了作者们对这部片子的分析评论文章。

这部电影是和晓丹的处女作品，是她移民加拿大Montreal后的第一部影片。多年后又在蒙特利尔韩国电影节上展出。观影前，我们相约在中国城吃了一顿地道的饺子。交谈中，我知道她正在紧张地改写一部新的电影剧本。我们谈了很多关于电影的话题，其中还谈到了做电影的艰难。应该说，和晓丹对电影是执着的，没有婚姻和家庭的羁绊，让她能全身心地投入电影的事业之中，但从另一面，没有家庭没有孩子的人生对女人来说，也不是所有的人都能做到的。这让我想起邻国的另一位华裔女导演赵庭，那个拍出《无依之地》电影的女人。她们都在坚定地走着自己心中想走的路，做着自己心中想做的事，她们是本我的，这种为理想执着的女性让人敬佩，又让人心疼。她们完善对自我的理解和认知。

真心地期待和晓丹的电影之路越走越顺，越走越宽。她是我们蒙城华人女性的骄傲！

写于2022年仲夏 蒙特利尔
发表于2022年6月加拿大《华侨新报》

后 记

整理完书稿时，北美的秋深了，窗外的大枫树在晨阳中泛出一抹红，加拿大最美的季节到了。这是我最陶醉的时光，偌大的枫树上，挂满了红彤彤的叶子，秋风吹过时，"沙沙"的响声仿佛大地在唱歌——

移居北美后，每到这个季节，我都格外敏感，思绪也随之跌宕起伏。大自然给予人类的永远超过我们对它的馈赠。

这里的人有事没事都喜欢往大自然里跑，甚至在冰天雪地的冬季。开始时，我有些不解，在零下几十摄氏度的严寒里被朋友叫出去，脚上绑定一种铁制的托板，到树林里去踏雪。不停地走，直走到浑身冒出汗来。那时，仰头望天，从高耸的松林里。湛蓝的天空干净如初，白云极不真实地挂在上面，像是一幅儿童画的画，油墨还没干透……

当秋风吹红山林，更是加拿大人与自然融合的好时节。公园里，草地上，大枫树下，山林里，更是人们喜欢露营、野餐、聚会的场所。

这是北美人的生活。

《赤道南8度寻梦》是一部记录我在海外旅行，旅居，移居前后生活的散文随笔集。这本集子里收录了60多个短章。像开篇的《枫叶飘落皇家山》《小女孩与白求恩》《蒙特利尔的第一场冬雪》等一些

赤道南8度寻梦

散文短章，是我初到加拿大蒙特利尔时的心境记录；《北美三章》《我的美国之行》，是我游历美国东部的真情实感；《在德国》《干杯，兰斯！》《塞纳河上的红玫瑰》等，是我对德国和法国的速写与纪念；《一个有趣的灵魂走了》《罗丹的情人》等是我通过写故人引发出对人生和命运的思考；《遇见……》《下辈子，我去找你！》记录了我情感世界中的一些花絮；《时空维度——赤道南8度寻梦》一组短章，是我行走在印度尼西亚等地的见闻；《雁阵飞过头顶……》《深秋，邂逅科恩》《我的枫树情结》是我对加拿大生活的感怀；《风雪夜归人》等是我接手加拿大《华侨新报》之后的经历；还有一些是我采访的人与事，我把它们归在了《他们的故事》里——

总之，这本散文随笔集囊括了我十几年来海外生活、行走、寻梦的足迹。字里行间没有华丽的辞藻，只有真实的记录和坦诚的书写。集子中的文章发表在加拿大的《蒙特利尔华人报》《华侨新报》与视频《华侨新视野》上。

这些文字有对北美从人文到自然的描述；也有亚洲、欧洲、美洲的游历感怀；有对移民者的采写；也有对自由与人生的重新定义与心灵追问；更有在北美办报纸的体悟与东西方文化碰撞带来的思考以及对中华文化在海外得以传承的喜悦与成就——

总之，它很杂。杂到自己对自己的心灵对话；它又很宽，宽到从亚洲到欧洲再到北美的生活与游历。始于脚下，止于心灵。这种由生活提炼出的文本，犹如一杯陈年老酒，细品如醇。

非常感谢中国华侨出版社让这些散落的短文成书。"华侨出版社"，仅这几个字，便瞬间凝结了我们海外华侨写作者的全部情感。在这短短的一行字中，我们找到了自己回归的精神家园！

就让这些文字，带着北美大地的温度，带着我们华侨华文写作者

后　记

的敬畏之心，跨海越洋，回到祖国，走向世界。

正值九月，想起海子的那首诗，后人把它谱成了歌。让我在这里以它作为我书稿的结尾——

九月

目击众神死亡的草原上野花一片
远在远方的风比远方更远
我的琴声呜咽，我的泪水全无
我把远方的远归还草原。
……

2023 年 9 月 于加拿大 蒙特利尔